旅うなぎ

料理人季蔵捕物控

和田はつ子

時代小説文庫

角川春樹事務所

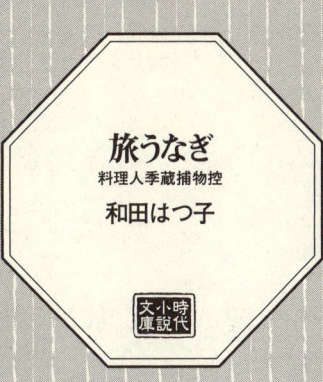

目次

第一話　想い筍《たけ》

一

江戸の春は芳《かんば》しくはじまる。水が温《ぬる》む頃、冬の間、冷たいだけだった黒土が匂《にお》うようになるのは、草木がいっせいに萌《も》え出すからである。そして、ほどなく、矢継ぎ早に花の時季が訪れる。

梅花から桃の節句を経て桜が咲いて散ると、次にはあやめや花菖蒲《はなしょうぶ》の青い香りがこぼれてくる。

日本橋木原店《きはらだな》にある小料理屋〝塩梅屋《あんばいや》〟の主《あるじ》季蔵《としぞう》は、春のこの時季が好きであった。

季蔵は元の名を堀田季之助《ほったとしのすけ》といって、旗本鷲尾《わしお》家に仕える武士であった。武士を捨てたのは、季之助の許婚瑠璃《いいなずけるり》に横恋慕した主家の嫡男が奸計《かんけい》をめぐらしたため、詰め腹を切らされる羽目に陥ったからである。この時、季之助は許婚を置いて出奔《しゅっぽん》した。しかし、今の季蔵はそうしなければよかった、何としても、瑠璃を一緒に連れて逃げるのだったと、繰り返し悔いている。

市井《しせい》をさまようことになった季之助は、すぐに持ち金を使い果たして、その日の糧にも事欠くようになった。饅頭《まんじゅう》屋の湯気の匂いに引き寄せられて、気がつくと、あまりのひもじさについ手を出していた。泥棒と罵《ののし》られ、お上に突き出されても仕方のない成り行きであったが、通りかかった年配の町人に助けられた。

助けてくれたのは塩梅屋長次郎《ちょうじろう》、木原店で小料理屋を営む主であった。行く当てのなかった季之助は季蔵と名を改めて、長次郎の元で料理人の修業を積んだ。

恩人の長次郎が逝った時、季蔵は長次郎にもう一つの顔があったことを知った。裏の顔は隠れ者だった。北町奉行烏谷椋十郎《からすだにりょうじゅうろう》の下で、江戸の闇《やみ》深くに潜む悪を見つけ出し、時には成敗していたのである。

塩梅屋の二代目となった季蔵は、烏谷からの強引ともいえる誘いもあって、長次郎の隠れたお役目も引き継ぐこととなった。

奇《く》しくもはじめての仕事で、季蔵はかつての主家の嫡男鷲尾影守《かげもり》と遭遇した。かつての許婚瑠璃は影守の側室にされていた。許婚を奪う目的で季蔵を罠《わな》に嵌《は》めたこの男は、元長崎奉行の嫡男という立場を笠《かさ》に着て、極悪非道の限りを尽くしていたのである。

早く鷲尾家の実権を握りたいと焦る影守は、父の元長崎奉行を亡き者にしようとして、返り討ちに合い、非業の死を遂げた。この時、浅ましい一部始終を目にしていた瑠璃は、以来、正気を失ってしまった。

季蔵は瑠璃を烏谷の知り合いの家に預けて、折あるごとに通い続けている。だが、瑠璃の虚《うつ》ろな表情はそのままで、話しかけても答えず、濡《ぬ》れた黒目勝ちの大きな目は、恐怖と悲しみだけを湛《たた》えている。

——あの時、後先考えずに連れて出てさえいれば——

季蔵の後悔は終わりが無かった。

——せめて、外へ出ることができれば——

瑠璃との思い出の一つに春の灌仏会《かんぶつえ》があった。口数が少なく大人しい瑠璃は、日頃、これをしたい、あれをしたいとは決して言わず、黙って季蔵の後をついてくるような女だったが、灌仏会にだけは行きたいと自分から言った。

——瑠璃は花が好きなのだ——

灌仏会とは釈迦《しゃか》が生まれた日を祝う儀式で、欠かせないのが花御堂《はなみどう》であった。花御堂とはこの時季の花々で飾った屋根に覆われた小堂のことである。毎年、この儀式のためだけに作られる。この中に盥《たらい》を置いて、赤子の釈迦の像を奉安することになっている。

〝お釈迦様がご慈愛深いのは、あのような美しい花々の中で、お生まれになったからにちがいありません〟

瑠璃はそう言い切った後で、

〝わたくし、少し、生意気な物言いをいたしてしまいました〟

とも言って、顔を赤くしていたことも季蔵は覚えていた。

——そんなことはない——

あの時、そう言ってやればよかったと季蔵は思う。

――もっと話してくれ――

今となっては、どんな言葉でもいいから、季蔵は瑠璃の話す言葉が聞きたかった。どんなに思い出そうとしても、瑠璃のほかの言葉は思い出せない。

瑠璃の顔なら思い出せる。〝御家中《ごかちゅう》一の美女〟と謳《うた》われた瑠璃は、色白で瓜実顔《うりざねがお》の整った顔立ちがやや寂しげであった。それは今も変わらない。ただし、その当時の瑠璃はいつも微笑《ほほえ》みを浮かべて、季蔵の顔を眩《まぶ》しそうに見上げていた。

――あの微笑みも、もう見ることはできない――

瑠璃が微笑むと整ってはいるが寂しげな顔が、ぱっと華やいで、家中の者たちは、〝微笑み千両、桜の君〟ともてはやした。

――桜の花になぞらえもされた瑠璃は、桜が好きだったのだろうか。しかし、わたしは瑠璃に、一番好きなのは、何の花かとも訊《き》いてやらなかった。お役目を父から継いだばかりで、何かと慌ただしく、瑠璃や花に関心を向ける余裕がなかったのだ。瑠璃は自分と添う相手と決まっていたから、とりたてて、あれこれ話をすることもないと思っていたのだ。話なら共白髪になった時にでも、ゆっくりすればいいと――。まさかこのような身の上になろうとは――

季蔵はただ、ただ悔いるばかりであった。

――それでも、春は灌仏会の花御堂と瑠璃の言葉を思い出させてくれる。よい時季だ――

　これがこの時季を季蔵が好きな理由であった。

　この日の朝、季蔵は、漂う草木の匂いに来《こ》し方を思い起こし、瑠璃を想《おも》って、木原店の裏手にある銀杏《いちょう》長屋から塩梅屋まで歩いた。

　塩梅屋の腰高障子を開けると、

「季蔵さん」

　おき玖《く》が待っていた。

　おき玖は亡き長次郎の忘れ形見で塩梅屋の看板娘でもあった。おき玖は肌の色こそ、長次郎に似てやや黒かったが、鼻筋は通り、唇はふっくらと愛らしかった。黒く強い目は気性を表していた。

「今晩の肴《さかな》はもう、決めてあるの?」

　おき玖に訊かれて、

「まだです」

　――どうも、春は思い、想うことが多くていけない――

　季蔵は心の中で苦笑した。

「そろそろ、あれにしたらどうかと思うんだけど」

「筍尽《たけのこづ》くしですか」

　筍は二月ほど前から出回ってはいるが、塩梅屋で存分に出すことができるのは、今の時期と決まっていた。

「そろそろいいと思うのよ」

おき玖はそわそわしている。

「今日はお天気もいいし」

「そうですね、そうしましょうか」

季蔵は鍬《くわ》を手にするために勝手口に回った。

長次郎の生きている頃から、塩梅屋では筍はもとめるものではなかった。日当たりのいい竹藪《たけやぶ》へ出かけて行って、掘ってくるものと決まっている。

「それじゃ、行きましょうか」

身支度を整えたおき玖も出てきて、二人は木原店を出て芝の光徳寺へと向かった。光徳寺の先代住職が長次郎と親しく、特別に寺の竹林へ入ることを許されて以来、今に至っている。

「季蔵さん、筍掘り、もう慣れた?」

「まあ、多少は」

「お侍はやらないものね、筍掘りなんて」

筍掘りは意外にむずかしい。もっとも、はじめて、長次郎に竹林に連れて行かれて、〝いいから、掘ってみろ〟

と言われた時、季蔵はそうむずかしいとは思わなかった。しかし、にょきにょきと生えてきている筍を掘り取ったところ、大目玉を食らった。

〝土の上に顔を出した筍は、もうおいしくないんだ、よく覚えておけ〟

怒鳴られて、持っていた鍬を差し出すように言われた。そういうものの、どうしたら土の中の筍を見つけられるのか、季蔵は皆目、見当がつかなかった。

「あの時は驚きましたよ」

〝おき玖、やって見せてやんな〟

長次郎が命じると、おき玖は裸足《はだし》になって、とんとん、とんとんと土の上を踏みならして行き、うんうんと頷《うなず》くと、枯れ草や木の葉を手で除《の》けた。

〝ここ、ここ、それからここにも〟

すると長次郎が、

〝今、おき玖が選《え》り分けたとこを、騙《だま》されたと思って掘ってみな〟

鍬を渡されて、季蔵は言われた場所を掘り進んだ。

これが季蔵の筍掘り事始めであった。それからずっと裸足で筍を探してきた。おき玖もつきあって裸足になる。

「お嬢さんなら、裸足にならなくても、筍のある場所、わかるんじゃないですか」

「あら、どうして？」

「お嬢さん、いつも、よくよく土を睨《にら》んでから足で確かめてますから。慣れてくると、土の盛り上がり方や木の葉の落ち具合で、筍の有る無しがわかるんじゃないかと――」

「よくわかったわね、その通りよ」

おき玖はすんなりと認めて、

「でも、あたしは裸足がいいの、だって、その方がいろいろ思い出せて、楽しいんだもの」

裸足のまま、ぴょんぴょんと土の上を跳ねて見せた。

二

「思い出ってとっつあんのことですか」

「おとっつあんには筍の掘り方、教えてもらったけど——」

「思い出すのは別のことなんですね」

頷いたおき玖はふっと微笑んだ。

「いい思い出みたいですね」

「いいっていうよりも、さっきも言った通り、楽しい思い出よ。これがあるからあたしは春の今時分が好きなのよ」

おき玖の表情は降り注いでいる陽《ひ》の光に負けず劣らず明るい。

——もしかして、おき玖ちゃんにも、わたしと似たような思い出があるのかもしれない
——

「聞かせてほしいですね、それ」

「あたしが小さい頃の、おとっつあんってね、季蔵さんが知ってる頃よりも、ずっと忙しかったのよ。出張料理を頼まれて、朝になって帰ってきたり、寝泊まりすることもあった。そのせいで怖いもの知らずになったのよ、あたし」

――そうだろうな、何しろとっつあんには、隠れ者の仕事があったのだから。さぞかし、若かったとっつあんは働き詰めだったろう。それにしてもおき玖ちゃん、小さい時から人に見えない苦労をしてたんだ――

「そうは言っても、春に筍は付きもの、蕗《ふき》の薹《とう》なんぞの山菜は食べるのを諦《あきら》めても、大物の筍となるとそうはいかない。筍料理を出さない塩梅屋なんて、〝江戸っ子の風上にも置けない〟、そう言われてお客さんたちに見限られてしまう。それで、あたし、忙しいおとっつあんを見かねて、疲れて帰ってくるおとっつあんを昼間、寝かしておいて、一人で筍掘りをすることにしたのよ」

「立派な心がけですね。たいした親孝行ですよ。けれど、小さい女の子が一人で日本橋から芝まで歩くなんて、迷子にでもなったらと思うと――。それに、筍掘りをするのだって、大変だったんじゃないですか」

「幼馴染《おさななじ》みが一緒だったのよ」

「なるほど」

「男の子でね。木原店の近くの長屋、そうそう、季蔵さんが今住んでる銀杏長屋に、おっかさんと一緒に暮らしてたのよ。雛次《ひなじ》さんって言ってね、あたしと同い年だったの。この雛次さん、可愛《かわい》い名前通りの優しい心根の子どもだったの。さすが男、力はあたしよりあったの。あたしが〝これ〟って足で確かめて指差すと、汗びっしょりになって、勢い込んで鍬をふるい続けてくれた」

「当然、〝三兄弟〟で盛り上がったことでしょうね」

〝三兄弟〟というのは、近くの場所で掘り取ることのできる筍の数のことである。筍は一つ見つけると、必ず、近くに幾つか見つけることができる。

「もちろん。面白いように筍が掘れて、近くの長屋を回って売り歩いたこともあるのよ。それ思いついたの、雛次さんだったけど、商いをするには早すぎるって、おとっつあんに叱《しか》られた時は、あたしが思いついたことにしたの。同い年っていっても、あたしの方が三月ほど早く生まれたし、雛次さんとずっと友達でいたかったから――。おとっつあん、ああ見えても、小さい時からあたしのつきあう相手にはうるさかったのよ」

「とっつあんの知らない、お嬢さんの初恋のお相手ですね」

「初恋の相手だなんて」

おき玖は柄にもなく頬《ほお》を染めて、

「そうかもしれなかったわね」

意外に素直に認めた。

「その雛次さんは今？」

銀杏長屋に雛次という名の若い男は居なかった。

「雛次さんの家、おっかさんと二人っきりだったのよ。雛次さんのおっかさん、女の子たちにお琴を教えて暮らしを立ててたけど、後で聞いたら、昔はどこぞの大店《おおだな》のお内儀《かみ》さんだったんですって。それが長屋住まいになったのは、旦那《だんな》さんが亡くなって、どういう事情かわからないけど、身一つで追い出されたからだって――。跡継ぎのはずの雛次さんまで一緒なのは、そのお店《たな》、悪い人に乗っ取られたのかもしれないわね。苦労が祟《たた》ったんでしょう、おっかさんは病で亡くなって、野辺送りの次の日に、雛次さん、もう長屋に姿が無かった」

「それ、お嬢さんが幾つの時です？」

「九つの時」

「ということは、雛次さんは奉公に出たのかもしれませんね」

「そうかもしれないけど、奉公に出たのなら、どこかで誰かが見かけて、噂《うわさ》の一つも聞こえてくるでしょ。けれど、雛次さんのことはそれっきり――。おっかさんに薬代が相当かかってたみたいだったから、雛次さん、薬代を踏み倒して逃げたのかも――」

「九つの子どもが――」

　季蔵は感無量であった。

――可哀想《かわいそう》に――

「もう、かれこれ、十年は経《た》つのよね。どこでどうしているかしら？」

おき玖は案じる目をした。

「元気なのかどうかもわからないし」

心地よい陽ざしと風に背中を押されながら、おき玖の思い出話に耳を傾けているうちに、季蔵は光徳寺の山門を見上げていた。

「ちょっと待っててね」

おき玖は季蔵から煎り酒の入《い》った瓶を受け取ると、方丈へ挨拶《あいさつ》に行った。煎り酒とは足《あし》利《かが》将軍の世の昔から作られてきた、梅干しと酒だけで作る醤油《しょうゆ》の一種である。戻ってきたおき玖は季蔵と竹林へ分け入った。いよいよ筍掘りである。季蔵がぶちと呼ばれる、太い竹の根を鍬を振り上げて切ると、ごんという鈍い音があたりに響いた。筍はこのぶちとぶちの間に芽を出していることが多かった。

「大丈夫ですよ」

季蔵はまた、鍬を振り上げて、

「雛次さんは、子どもながら重い鍬を持って、こうして筍を掘っていたんですから、逞《たくま》しいはずです。今でもきっと達者でぴんぴんしてるに決まってますよ。そのうち、ひょっこり、ここへ戻ってくるかもしれません。その時は――」

言いかけて季蔵は言葉を止めた。

――雛次という人も今は二十歳《はたち》、連れ合いが居てもおかしくはない――

我が身と照らし合わせ、初恋は実らないものかもしれないと思った季蔵は、

「その時は是非、筍料理をふるまってさしあげたいものですね。雛次さん、いったい、どんな食べ方が好きだったんです？」

「どうだったかしら？」

「覚えていないんですか」

「何しろ子どもだったからねえ」

「たしかに筍は子どもが大好きな食べ物ではありませんね」

「ああ、思い出したわ」

「何です？」

「筍の田楽《でんがく》」

筍料理に欠かせないのが昆布だし汁である。淡泊な筍にとって昆布は絶妙の引き立て役で、これ以上の相性はなく、ほかのものではだせない味である。

筍の田楽とはゆがいた筍を昆布だけで薄味に煮て、半月形に切り、青竹に刺して、さっとあぶり、赤・白の田楽味噌《みそ》、木の芽味噌を塗り分け、赤の田楽にはけしの実をふり、白の田楽には木の芽をあしらうというものである。ちなみに田楽味噌も木の芽味噌も甘い。

「筍の田楽、おとっつあんが掘ってきてくれた御礼だって、拵《こしら》えてくれたのよ。雛次さん、木の芽味噌だけは好きじゃないみたいで、苦虫を噛《か》み潰《つぶ》したような顔して無理して食べてたわ」

「木の芽がオツと感じるのは大人になってからですよ。肴に添えた木の芽の香り一つで、酒まで芳しく変わりますからね」

「今の雛次さんに木の芽味噌の田楽を食べてもらえたら――」

言いかけて、

「あたし、何、馬鹿なこと言ってんだろ」

おき玖は照れ隠しにげらげらと笑い出した。

店に戻ると、早速、喜平《きへい》に二本ほど届けて、後の筍はゆであげることにした。馴染《なじ》みの客の一人である喜平は、数寄屋《すきや》町にある履物屋の隠居で、掘りたての筍の刺身に目がなかった。

「去年は訊きそびれたんですが、どうして、喜平さんにだけ刺身用を届けるんですか？　それと、何で塩梅屋じゃ、筍の刺身は鬼門なんです？」

長次郎は毎年、筍は掘り立てだというのに、客に刺身にして出すことはなかった。

「実をいうとずっと前は出してたのよ」

「止《よ》しにした理由は何だったんです？」

「あの二人の喧嘩《けんか》よ」

あの二人とは喜平ともう一人、大工の辰吉《たつきち》であった。喜平と辰吉は、些細《ささい》なことで、言い争いが絶えず、居合わせている指物師《さしものし》の婿養子勝二《かつじ》を悩ませていた。

「けれど、あの二人の喧嘩なら毎度のことでしょう。酒の上のことで、互いに悪意は無いんだし、仲が良すぎてつい、じゃれ合ってる、そんな感じですよ」

「そりゃあ、そうなんだけど、いつものような喧嘩をしてるうちに、灰汁《あく》が出てきて、せっかくのお刺身の色が変わってしまったのよ。もともと、育ちすぎてた筍だったのかもしれないけど」

「そういえば、筍の刺身は魚なぞよりも傷みは早いかもしれないな」

筍の刺身は皮をむいた筍をゆでずに、ただ薄く切って、醬油をつけて食べるという、いたって、素朴な料理法であった。

「喧嘩のきっかけは、〝一番美味《おい》しい筍料理は何か〟ってことだったのよ。もちろん、喜平さんは一も二もなくお刺身、辰吉さんはおかみさんのおちえさんが作る〝筍とわかめの煮物〟に限るって言い通して、かんかんがくがく、殴り合い寸前になって、止しとけばいいのに、喜平さん、〝よし、見てろ〟って、灰汁が出たお刺身を一気食いしたのよ」

「その後、喜平さん、具合を悪くしたでしょう」

「灰汁に当たったのか、三日三晩、お腹《なか》を抱えてうんうん唸《うな》ってたそうよ。それを聞いたおとっつあん、もう、うちで筍の刺身を出すのは止めておこうって決めたの。掘り立てを届けてるのは、あんな目に遭ってもまだ懲りない喜平さんが、〝筍の刺身が食べられないくらいだったら、死んだ方がましだ〟なんて、おとっつあんに泣きついたからなのよ」

「さすが日頃、食通を自認なさっている喜平さんですね」

「食い意地が張ってるだけだって辰吉さんは、いつも言ってるけどね」

おき玖は苦笑した。

——筍の刺身にそんな話があったとは知らなかった。まだまだ、この塩梅屋の品書きには、わたしの知らない話が沢山あるのだろう——

季蔵は今後、自分の知らない話を知るのが楽しみだと思った。

三

三吉《さんきち》が竈《かまど》に大鍋《なべ》をかけて、米ぬかを入れて筍をゆであげた。三吉は塩梅屋の下働きである。ひょろりと上背があるので、年がいって見えるが、まだ、子どもである。以前は棒手《ぼて》振《ふ》りで納豆を売っていた。博打《ばくち》に手を出した父親の借金が嵩《かさ》んで、取り立てに合い、母親が岡場所《おかばしょ》に売られそうになっていたからである。

事情を聞かされた季蔵は、この三吉を年季で雇った。三吉はその年季の金で父親の借金を払うことができて、親子は散り散りになることもなく暮らしている。

「季蔵さんが、どんな料理を作るのか、楽しみだわ」

「筍尽くしはとっつあんの品書き通りと、決まってるじゃありませんか」

「その義理立て、もうそろそろ、いいんじゃないかしら、止しにしても。季蔵さんがこれと思う料理を作ってみせてちょうだい」

「そうおっしゃられても——」

長次郎が考えて季蔵に伝授した筍尽くしは、二日にわたって筍が楽しめる。

〝ゆでた筍は魚と違って、その日限りってことはねえが、乾物なんかとは別だ。ゆであげてすぐの日と、次の日とじゃ、新しさも味も違う。料理に仕立てるにも工夫がいるんだよ〟

と長次郎は話してくれた。

夕刻となり、暖簾《のれん》をかけてしばらくすると、

「兄貴、俺だ」

豪助《ごうすけ》が入ってきた。

豪助は深川に住む猪牙《ちょき》舟《ぶね》の船頭である。金を稼ぐのは、金を使う楽しみを味わうためだといつも言っている。そのため、漁師でもないのに、あさりやはまぐりを売って歩く、にわか棒手振りの副業もこなしていた。

年の頃はおき玖よりも二つ、三つ上で、仕事柄、顔の色は浅黒く、敏捷《びんしょう》そのものといった小柄な身体《からだ》はほどよく引き締まっている。船頭にはめずらしい、端整な顔立ちの若者であった。もちろん、女にもてる。

季蔵が鷲尾家を出奔した折、舟に乗せたのが縁の始まりであった。料理人となった季蔵が鷲尾影守の命で、雪見船での鍋料理を任された時、雪見船の船頭になりすまして、季蔵を助けたこともあった。

「今日は筍尽くしの初日ですよ」

おき玖は微笑んだ。

「よし、やった」

豪助の顔がぱっと輝いて黒光りした。

「こりゃ、虫の知らせってもんだな。実はそろそろ、そうじゃねえかって思って来てみたんだ。いいとこに来たぜ」

豪助は無類の筍好きなのであった。

「尽くしとくりゃあ、まずあれだね、そうとくりゃあ、これだ」

豪助は片手で盃《さかずき》を傾ける真似《まね》をした。

「はい、はい、わかってます」

急いでおき玖が酒と盃を運んだ。

筍尽くしの一品目はお通しの〝筍の粉わかめまぶし〟である。〝粉わかめまぶし〟に限らず、ゆがいた筍はもう一度ゆでてぬか落《ぬ》きをして水に晒《さら》して使う。

〝粉わかめまぶし〟は名前の通り、箸《はし》でつまみやすい大きさに切った筍を、昆布のだし汁、酒、醬油、味醂《みりん》で薄味をつけた後、相性のいい粉わかめを、たっぷりまぶしただけの料理であった。素朴なものだったが、豪助が〝あれ〟と言った逸品である。

「筍にまぶしてあるのは、擂《す》ったわかめだけだってえのに、どうして、こんなに美味《うま》いのかね」

豪助は満足そうにお通しをつまみ、酒を飲んでいる。

「活《い》きのいい、ゆでたての筍だからかな」

「まあ、それもあるが――」

季蔵は竈の前に立って、必死に田楽味噌の鍋を掻《か》き回している三吉の方を見た。

「三吉の精進の賜物《たまもの》だ」

粉わかめは単に干しわかめを砕いて作るのではなかった。細かく切った干しわかめを、すり鉢に取って、すりこぎで丹念にすり潰してから、これを湯を張った大鍋に入れて、さらに裏漉《うらご》ししないと、ゆでた筍となじみが悪いのである。この説明をした季蔵は、

「たかが粉わかめなんぞと思わずに、三吉を褒めてやってくれ」

「てえしたもんだ」

豪助は三吉と目が合うとにっこり笑った。

「それにおめえには一度、ちゃんと謝らなきゃと思ってたことがある。おめえが棒手振りをしてた時のことさ、長屋の路地で行き合ってぶつかったことがあったよな、そん時、〝ぼやぼやすんな、馬鹿野郎。もたもたすんなら、棒手振りなんぞ、止めちまえ〟なんて、酷《ひで》えこと言っちまった。あれ、勘弁な。あん時は俺、おめえがどんなに大変な思いをしてるか、知っちゃあいなかったんだ」

「まだ、覚えてたんですか」

三吉は目を潤ませた。

「あんなこと、始終言われてましたから、おいら、もう、誰に何を言われたかなんて、忘れてました。そもそも、年より大きく見えるおいらが悪いんです。豪助さんには贔屓《ひいき》にし

てもらってるし、いいんですよ、どうか、もう。忘れてください」

「とにかく、この通りだ」

豪助は頭を垂れた。

二品目は豪助の大好物の〝筍とわかめの煮物〟であった。独身者《ひとりもの》の豪助には、大工の辰吉たちのように、筍を煮付けた菜を作ってくれる相手はまだ、いないのである。

〝筍とわかめの煮物〟は、昆布だし汁と醬油、味醂、少量の塩で煮付けるのが普通だが、塩梅屋の長次郎流では、醬油と塩の代わりに煎り酒で仕上げる。

「筍が旬なら、わかめも今が旬。一つ皿に盛り合わせた旬の出会いの味だ」

季蔵は長次郎から教えられた通りの言葉を口にしていた。三吉の方を向いて、

「筍を煮た煮汁でさっと煮て、一緒に盛り合わせるわかめは、さし昆布とも言うんだよ」

と言った。

「昆布とわかめは味が似てるから、そんな風に言うんでしょうね」

三吉は深々と頷いた。

三品目は〝筍の田楽〟であった。

「おや、〝筍の木の芽焼き〟じゃねえのかい？」

長次郎の筍尽くしではここで焼き物の、〝筍の木の芽焼き〟となる。

「俺はあの垢《あか》抜《ぬ》けた味が好きなんだがな」

豪助は不満を口にした。

〝木の芽焼き〟と〝田楽〟の違いは、つけだれの違いである。田楽の方は味噌だが、木の芽焼きの方は、醬油と味醂で作ったたれを塗りながら焼き上げる。木の芽焼きと名づけられている由縁は、たたいた木の芽と粉山椒《こなざんしょう》をふって仕上げるゆえであった。

「筍も田楽にすると、芋田楽なんてもんもあるから、ちょいと子どもじみてねえか」

「それがいいんだよ」

季蔵はおき玖に相づちをもとめた。

「ねえ、お嬢さん」

「いやあねえ」

おき玖はこの時も頰を染めた。

「いいじゃないですか。いい思い出なのですから」

「子どもの頃の筍掘りだなんて、昔のことだしねえ。あたしはいつも通り、〝木の芽焼き〟でいいって言ったんだけどね」

「とっつあんの筍尽くしから、そろそろ抜けてもいいって言ってくださったのは、お嬢さんでしたよ」

「でもねえ、何も〝田楽〟にしなくったって」

「思い出したよ、雛次が自慢してた〝筍の田楽〟」

「豪助、お嬢さんの幼馴染みの雛次さんを知ってたのか」

「知るも知らないも――」

豪助は苦そうに盃を口に運んだ。

「男の癖に雛次なんて名、そうそうあるもんじゃないからな。おき玖ちゃんのいい思い出って、あの雛次のことだったのかい?」

「ちょっと昔話をしたら、季蔵さんが勝手にそう言って、〝木の芽焼き〟を〝田楽〟に代えただけよ」

おき玖は頬を染めたまま、間の悪い顔になって、

「だけど、豪助さんと雛次さんが知り合いだなんて、あたしもはじめて知ったわ」

意外そうに目を瞠《みは》った。

「雛次はおき玖ちゃんが好きだったんだよ」

豪助はさらりと言った。

「けど、雛次よりも先に、俺がおき玖ちゃんやとっつあんを知ってたろ。それで雛次は俺がおき玖ちゃんを好きなんだろうと決めつけてて、とっつあんが特別に拵えてくれたっていう〝筍の田楽〟を、わざわざ自慢しに来たのさ。俺と雛次のつきあいはその一度きりだ。おき玖ちゃんも雛次を好きだったんなら、悪いけど、俺、あいつのこと、あんまり好きになれなかった。子どもの癖に何だか、裏がありそうで。いなくなったって話を聞いたら、気の毒な事情があるってわかったけど——」

「でも、まあ、〝田楽〟に罪は無いさ」

そう言って、季蔵は赤、白、緑と彩りが綺麗《きれい》な〝田楽〟の載った皿を、豪助の前に置い

た。皿には、一枚ずつはがして焼いた百合根《ゆりね》と、蕗の薹のから煮が添えられている。

「こりゃあ、美味え、田楽もいいもんだな」

豪助は目を細めて食べ、朝が早いからと、ほどなく帰って行った。

「今日は喜平さん、来ないわね」

今頃、喜平は掘り立ての筍を、嫁に薄く刺身に切らせて、煎り酒と山葵《わさび》で堪能《たんのう》しているはずであった。

「喜平さんがおいでにならないと、ほかのお二人もみえませんね」

三吉が言った。

「辰吉さんも勝二さんも、今日は喜平さんが来ないとわかっているのよ。喜平さんと辰吉さん、喧嘩ばかりしていて、勝二さんは巻き込まれるのが迷惑みたいだけれど、本当は仲がいいのよね」

おき玖の言葉に季蔵が、

「有り難いお馴染みさんですよ」

頷いた時、がらっと音がして腰高障子が開いた。

四

「店の前を通ったら、よい匂いがしてな」

入ってきたのはぎょろりと大きな目の浪人者であった。六尺豊かな大男で、眉《まゆ》が太く鼻も大きく、鰓《えら》の張った四角い顔は怖そうだった。着物は薄汚れていて、髷《まげ》も崩れかけている。貧しいその日暮らしをしているように見えた。警戒したおき玖は思わず、季蔵を見た。

——わたしだって、とっつぁんに助けられた時はこの人のようだった——

と思い、季蔵は浪人者の腰のものが竹光でないことを、さがっている重みの様子で見抜くと、

——この人はまだ刀を手放していないだけましだ。あの時のわたしは、この人よりもずっとひどい形《なり》だったかもしれない——

「何をさしあげましょう」

相手に微笑みかけた。

「その方が主か」

季蔵は浪人者と目を合わせた。

——澄んだ目をなさっているが、どうしたことか、その目は悔いてもいる——

浪人者は、

「田楽味噌の匂いがした。もしや、〃筍の田楽〃ではないかと思ったのだが——」

季蔵の返答を待ち、

「その通りでございます」

季蔵が答えると、

「主、〃筍の田楽〃を土産に包んでくれ」

と言って、床几《しょうぎ》に腰をおろした。

「〃田楽〃はしばらく時がかかります。それまで、何かさしあげましょうか」

おき玖が恐る恐る声をかけると、

「いや、酒は嫌いではないが、つい腰を据えてしまう。待っている妻がいるのだ。病んでいる妻は、筍が好きでな。この時季、是非、出来たてを食べさせてやりたいのだよ」

浪人者はにっこりと笑った。

──奥様の話になると、こんなにも優しい顔になるのだわ──

おき玖はほっと胸を撫《な》で下ろした。

「〃田楽〃のたれで、特に奥様のお好きなのはどのお味ですか」

浪人者が木の芽味噌だと答えると、

「それでは今日は木の芽味噌を一本、多く包ませていただきましょう。これにはお代はいただきません」

三吉に木の芽味噌の田楽を追加させた。

「かたじけない」

浪人者は礼を言って頼んだ分の代金を払うと、いそいそと帰って行った。

「はじめてのお客さんは気を使いますね」

三吉も緊張していたのだろう、ほっと息をついた。

「ああいう風体の人って、たいてい、どっかのお宝がどっさりある大店の用心棒だから、刀も本物みたいだし、おいら、怖くて」

「本当ね。あたしもはじめは怖かったわ。でも、奥様想いのいい人だったじゃないの」

「だけど――」

三吉は知らずと声を潜めた。

「あの人の袂《たもと》からちらっと光るもんが見えたよ。あれ、小判じゃないかな。小判なんて持ってる浪人、やっぱし、用心棒だよ」

「それがどうしたというのだ？」

季蔵は声を荒らげた。

――わたしとて、あの時、饅頭を盗んで逃げ延びたとしたら、用心棒になるしかなかったかもしれない――

「どうってことはないけど」

三吉は季蔵の剣幕に気押《けお》されてうつむいた。

――どうやら、おいら、余計なことを言っちまったようだ――

「三吉ちゃんを叱らないでやって。季蔵さん、いくらお客さんでも、ああいう人は怖いわよ、刀でも抜かれたらと思うと。それが町人ってものなのよ」

――そうだった――

季蔵は悔いて、

――駄目だな、尾羽打ち枯らした侍を見ると、どうしても自分と重ね合わせてしまって——

「叱ってなんていないぞ」

おだやかな声に戻った。

「ただな、見かけで人を決めつけるのはよくないことだ。それだけは覚えておいてくれ」

「うん、わかった」

三吉は素直に頷いた。

翌日は筍尽くしの二日目である。この日は喜平が、いの一番に駆けつけた。

喜平が筍の刺身に当たったことがある、と聞いた今となっては、季蔵も喜平の元気な顔がうれしい。

——よかった——

喜平は掘り立ての筍を届けてくれた礼をいう代わりに、

「おき玖ちゃんはいつ見ても別嬪《べっぴん》だねえ、季蔵さんは男前だ」

と愛想を言った。

「いっそ、夫婦《めおと》になっちまったらどうだい」

当初、真っ赤になって沈黙した二人だったが、これも毎度のこととなると、

「こういうことはなかなか——」

季蔵は躱《かわ》して、おき玖も、

「そうなるとお目出度《めでた》いわね」

他人事《ひとごと》のように受け流した。

喜平は辰吉言うところの、〝どう仕様もない、死んだ方がいいくらいの助平爺《すけべいじじい》〟であった。何せ、掃除をしていた嫁の腰巻きの中を覗《のぞ》いて、息子に見つかり、隠居させられたという強者《つわもの》である。当人は、〝人は色気があってこそなんぼじゃ〟と言い切って憚《はばか》らない。

「今日はあれだよ、あれ」

「そうですね」

季蔵はにこにこと笑って、用意してあった〝筍の有馬煮《ありまに》〟を出した。

〝筍の有馬煮〟は、ゆがいた筍をさいの目に切りそろえ、昆布のだし汁、酒、醤油、味醂をひたひたに張った鍋でことことと煮て、実山椒を入れて汁気がなくなるまで煮詰める。口にすると、山椒のぴりっとした辛みが何とも筍と合って、オツなものであった。

「俺はここではこれが一番好きだよ」

一番と言っても、喜平はいつも二日目にしか訪れないから、〝粉わかめまぶし〟や〝田楽〟、〝木の芽焼き〟、〝わかめの煮物〟は、当然、喜平の勘定に入っていない。

「どうせ、後は天麩羅《てんぷら》だからな」

筍尽くしの二日目は、素材ではなく、調理法に凝るのが長次郎流であった。

「天麩羅にすると、筍も蓮《はす》も歯応《はごた》えはあまり変わらなくてねえ、蓮の方がしゃきしゃきして美味いくらいだ。こりゃあ、野暮天の長屋の女房と、小股《こまた》の切れ上がった綺麗どころぐらいの差があるねえ」

　喜平がもっともらしく、手前味噌の蘊蓄《うんちく》を並べ立てていると、

「野暮天の長屋の女房で悪かったな」

　勝二と一緒に店に入ってきた辰吉が、するりと喜平の前に仁王立ちになった。

　大工の辰吉は見上げるほど背が高く、本人はいなせな職人ぶりだと自惚《うぬぼ》れていた。三人の子持ちで、肥えるばかりの女房のおちえは、喜平に言わせれば、〝あんなに布団みてぇに膨れちゃあ、女じゃねえよ〟ということになる。

　辰吉はおちえをくさすのが常だったが、自分で言うのはいいが、人からどてら扱いされるのは許せず、辰吉が喜平に絡むのは、たいていがおちえにつながることであった。つまり、辰吉の酒癖は悪く、間に入る勝二はいつも、〝今日こそ、二人は殴り合いになるだろう〟と案じてきた。それでいて、血を見たことは今のところ一度もなかった。辰吉の悪い酒癖は泥酔して潰れてしまうと止《や》むからであった。

　こういう時、辰吉は潰れる前に、おいおいと声をあげて泣き、

〝おちえぇ、おちえぇ〟

　女房の名を呼ぶ。

　迎えに来るおちえは、無言で季蔵たちに頭を下げ、厚く肉の盛り上がった背中に辰吉を背負い上げて連れて帰る。

「たしかにうちのおちえは、どてっとしてて垢抜けねえかもしんねえが、俺は蓮よか、筍

の天麩羅の方が好きなんだよ」

辰吉は一気に湯呑《ゆの》みの冷や酒を飲み干すと、目を怒らせて、ぐいと顎《あご》を引き、

「もう一杯」

おき玖に向かってその湯呑みを差し出した。

「はい、ただ今」

言葉とはうらはらにおき玖は、催促があるまでは、湯呑みに酒を注《つ》ぎたして出すことはしない。

——毎度、毎度じゃ、いくら亭主の方が痩《や》せてるからって、背負って帰るおちえさんが気の毒だわ。それに深酒は辰吉さんにだっていいわけないし——

このところ、おき玖は何とかして、辰吉を酔い潰れるまで飲ませずに、家に帰そうとしていた。

——本当に男って、仕様のない甘ったれなんだから——

「やっと五分と五分になりましたね」

五分と五分とは、辰吉が酔い潰れずに帰ることができた日と、おちえに迎えに来てもらった日との日数の比であった。

——やっぱり、季蔵さんも同じ想いだったのね——

五

おき玖と季蔵の想いが通じたのか、この日、辰吉はほろ酔い加減で腰を上げた。

「おちえのためにこれを包んでくれ」

辰吉が顎をしゃくったのは皿の上の天麩羅二種、〝筍の木の芽揚げ〟と〝筍の若草揚げ〟であった。

〝木の芽揚げ〟は文字通り、輪切りにした筍の上に木の芽をあしらったもので、〝若草揚げ〟となると、細く切った筍に抹茶衣をつけて揚げて春の若草を表している。ちなみに抹茶衣とは味つき衣に抹茶を加えたものである。また、味つき衣は小麦粉に塩と昆布のだし汁で作るため、これもまた、筍と相性がよかった。

「どてらみてえなおちえはよ、年甲斐《としがい》もなく、こんな可愛いもんが好きなんだよ」

そう言って、辰吉は酔い潰れる気配はまだないのにぽろりと涙をこぼし、

「おちえにはさんざん、苦労かけちまってるからな」

おき玖が包んだ天麩羅を手に店を出て行った。

「念のため送って行きます」

勝二が立ちあがり、こほんと一つ咳《せき》をした喜平も、

「今日は満月だ。久々に春の月としだれ柳でもながめるとするか」

腰を上げた。辰吉の住む与太郎《よたろう》長屋の近くには、しだれ柳の名所があった。

辰吉たちを見送った三吉は、

「おいら、たまげました」

ふーっとため息をついた。

「こんなこと、あるはずないって思ってましたから」

「だから、あたし、いつも言ってるでしょ。本当は仲がとってもいいんだって」

おき玖は三人が出て行った戸口に向かって目を細めている。

すると、突然、腰高障子が開いて、

「主、筍はまだあるか」

昨夜、〝筍の田楽〟を病妻のために持ち帰った浪人者が顔を出した。思い詰めているのだろうが、相変わらず、怖い顔であった。

「当店では昨夜から筍尽くしでお客様方をおもてなししております。筍はゆでてもそうは持たないので、筍尽くしは先代から二日限りと決めさせていただいておりまして――」

季蔵がもう残りはほとんどないと続けようとすると、

「あるのか、無いのか、はっきりしろ」

浪人者の声が尖《とが》った。

――ああ、やっぱり――

三吉は浪人者の怒っている目を盗み見た。

――やっぱりだ。目当ては金、きっと因縁をつけて強請《ゆす》る気だ――

おき玖は腰の刀から目を離すことができず、

——あれが抜かれたらどうしよう——

皿を片付ける手が震えた。

一方、季蔵は、

「何がご所望です？」

たじろぐ風もなく相手に訊いた。

——この人の目は怒っているのではない、絶望しているのだ——

「筍料理」

浪人者はぽつりと答えた。

「昨夜と同じ〝田楽〟でございますか」

昨夜、季蔵が注文を受けて作った〝田楽〟は三種二本ずつで、木の芽味噌を一本余分につけた。残りの筍で〝田楽〟七本は作れない。

「天麩羅ならお望み通りの量を作れます」

天麩羅にする筍はすでに、輪切りや細切りにされて、下味がつけられていた。

「たえは天麩羅などとても食べられる身体ではない」

浪人者は怒鳴った。

——どうしよう——

三吉は浪人者に背を向けた。

──そういう事情なら──

おき玖の目に病臥《びょうが》して弱っている妻の姿が浮かんだ。

「奥様、お熱でもあるのですか」

思い切って訊いてみると、

「ある」

浪人者は腹から絞り出したかのような泣き声になった。

「だから、昨夜、好物の〝筍の田楽〟を食べさせようとしても、〝綺麗ね〟って笑ったきり、食べようとはしなかった。たえは労咳《ろうがい》でな、医者は滋養のあるものを、もっと沢山、食べさせなければいけないと言っている」

「それで昨夜は〝田楽〟を注文されたのですね。けれども、熱があるとなると、〝田楽〟の甘い味噌味は、しつこくて食べられないかもしれません」

「わかっているのだ」

浪人者は頭を抱えて、床にしゃがみこんだ。

「たえの代わりにそれがしが食べた〝田楽〟は、たとえようもなく美味かった。だから、たえが食べなかったのは、〝田楽〟のせいではない。だが、それがしはたえが元気だった頃、一緒に食べた筍の味を思い出すと、いてもたってもいられなくなった。料理が得意だったたえが、実にさまざまな筍料理を作ってくれたからだ。たえは筍そのものが好きだった。そのたえが一番好きな筍料理は〝田楽〟だったが、今はもう食べられない。ならば、今、食べられる筍料理があったらと思い、気がついてみたらここへ足を向けていた」

浪人者はぽろぽろと涙を流した。

「申し忘れたが、それがしは日本橋富沢《とみざわ》町の達磨《だるま》長屋に住む木崎吉五郎《きちごろう》と申す」

――お気の毒に――

おき玖は胸が痛んだ。

「〝筍とわかめの煮物〟ならあっさりしているのではないかしら?」

「筍の歯応えは元気な者にはうれしいものですが、病んでおいでだと、胃の腑《ふ》には優しくないかもしれません」

「でも――」

おき玖が知っている筍料理はどれも、筍の食感を活かしたものばかりであった。

「それにもう、あんまし残ってませんし」

三吉はまだ浪人者、木崎吉五郎が怖かった。できれば、このまま諦《あきら》めて帰ってほしい。

だが季蔵は、

「木の芽は奥様のお好きなお味でしたね」

と木崎に念を押すと、

「三吉、つくね芋はあるね」

日持ちのするつくね芋は塩梅屋の常備野菜であった。

「それから、今日は空豆もあったね」

「へい、その通りで」

空豆も旬のもので、喜平たちには塩ゆでして出した。

「豆腐もあったはずだ」

「あります」

「おまえは急いで空豆を柔らかめにゆでてくれ。青寄せを作るのだ」

「へい」

三吉は渋々従った。

青寄せとはゆでて柔らかくした緑色の野菜と叩《たた》いた木の芽をすり鉢にいれて、擂り混ぜ、裏漉しにかけたものである。何よりも木の芽の香りが際立つ。

「あたしも手伝うわ」

季蔵が何を作ろうとしているのか、皆目見当のつかないおき玖だったが、目の前の打ち萎《しお》れている木崎の妻のためにしていることだと思うと、いてもたってもいられなかった。

「それじゃ、お嬢さんはつくね芋をおろしてください」

「わかったわ」

早速、おき玖はつくね芋の皮をむいて、水に晒し、ぬめりを取ってから、すりおろしはじめた。

一方、季蔵は布巾《ふきん》で包んだ豆腐に重石《おもし》を乗せ、水が切れるのを待つ間、昆布だしだけで残っていた筍を煮た。残っていた筍は太く、やや固い根の部分である。この筍を冷まして、するするとかつむらきにしていく。皮から芯《しん》までつなげて薄くむいていくかつらむきといえば、太く固い大根と相場が決まっているが、筍も根の部分となるとこれができる。

「筍もそこまで薄くすれば、胃の腑に重くないでしょうね」

おき玖は季蔵の手許《てもと》を見て感心した。

かつらむきが終わり、三吉の青寄せ、おき玖がすりおろしたつくね芋が出来上がったところで、季蔵は重石をどけて豆腐をさらにぎゅっとしぼって裏漉しにかけた。

これに豆腐の二割ほどの量のつくね芋を加え、青寄せを入れ、砂糖と塩少々を混ぜて、味と色をつける。この時、青寄せは半量ほど残しておく。

「わかったわ、これをかつらむきにした筍で巻くのね」

「三吉、竈に蒸籠《せいろう》を用意してくれ」

季蔵はかつらむきにした筍を広げると、片栗粉《かたくりこ》をふり、薄緑色の豆腐たねをのせて巻き上げていく。巻き終わったところで、蒸籠に入れて蒸し上げる。

「仕上げは木の芽あんです」

蒸し上がる間に季蔵は木の芽あんを作った。木の芽あんとは、昆布のだし汁を醬油と味醂で味付けして煮立て、水溶きした葛《くず》でとろみをつけ、最後に残しておいた青寄せを加えたものである。

ほどなく筍の蒸し物が出来上がった。

「持ち帰るのはお皿がいいわね」

おき玖は皿の上に蒸し物を盛りつけた。

季蔵は木の芽あんの方を蓋《ふた》付きの器に入れると、

「これは別に持ち帰って、鍋で温めてから蒸し物の上にかけてくださいね」

と木崎に念を押した。

「どうか冷めないうちに」

そう言って季蔵が木崎を送り出そうとすると、

「かたじけない」

木崎はまた、ぽとりと涙をこぼして、

「これは心ばかりだが礼の印」

袖《そで》を探って金子《きんす》を取り出そうとした。この時、ぽとりと床に落ちたものがあった。

「まあ、見事な簪《かんざし》」

おき玖が声を上げた。簪は平打ちで梅の花が彫られている。

「奥様、梅の花がお好きなのですね」

おき玖は木崎に声をかけたが、急に青ざめた顔色になった木崎は、

「それでは失礼する」

床几の上に金子を置くと、逃げるように店から出て行った。

六

「あれ、何という料理なんですか」

翌日、季蔵が店を開けようとしていると、三吉が訊いてきた。

「季蔵さんが考えたものでしょ。だから、名がついてないんだとあたしは思ってたわ」

おき玖も興味津々である。

「まさか」

季蔵は苦笑して、

「筍をかつらむきにするなんて知恵、わたしにあるわけありませんよ」

「じゃあ、おとっつあん？　でも、覚えてないわ、筍のかつらむき――」

「離れのとっつあんの納戸にあった普茶《ふちゃ》料理の本にあったものです。たしか〝鳴門《なると》たけのこ〟って名でした」

「鳴門ってたしか、金比羅《こんぴら》様のある西国の海でしょう？」

「ええ」

「波が渦巻いてて、船で通るのが大変な難所よね。そんなところの海の色や波の様子に似せたってわけね」

「そうなんでしょうね」

「いいわね。見たことのない鳴門を見られて食べられて――。来年から、これ、筍尽くしの二日目に入れましょうよ」

「そう言ってくださるのは有り難いんですが、お嬢さん、まだ、わたしの〝鳴門たけのこ〟を召し上がっていないでしょう?」

「味をみたいのは山々だったけど、季蔵さん、温かいうちにって全部、木崎さんにあげてしまったから──」

「来年は必ず、試しに作ってみますよ」

「作ってくれるのね」

おき玖はうれしそうな顔をした。

「木崎様にお作りした通りで、お嬢さんの舌が喜んでくだされば の話ですが」

「何か気になることでもあるの?」

「青寄せなんですよ、本には青野菜を適当になんて書いてあったんで、空豆にしてみたんですが、果たして、これでいいのかどうか──。口に入れて最初に感じるのは木の芽の香りなんですが、次は木の芽と合わせた青野菜の味がしますからね、これは重要なんです。青豆なんかでもいいのかもしれないと思ったりしています」

「ますます来年が楽しみになってきたわ」

おき玖は満足そうに言った。

それからほどなく、北町奉行所同心田端宗太郎《たばたそうたろう》と岡《おか》っ引《ぴ》きの松次《まつじ》が店を訪れた。

田端宗太郎は長身痩軀《そうく》と青白い細面の顔の独身で、どんよりと澱《よど》んだ目をしていた。昔、想っていて、他家へ嫁いだ女が、家計の足しにと身を売っていた上、殺されるという事件に遭遇してからは、なお、いっそう、目の中の虚無の色は深くなった。

始終、居眠りをしているせいで、その目も閉じていることが多く、細長い身体を刀にもたせかけて、うつらうつら舟を漕《こ》いでいる様子は、まだ三十そこそこなのに、四十を通り越して五十の疲れた老爺《ろうや》にも見える。田端は過ぎるほど寡黙である。

一方の松次は実直そうな金壺《かなつぼ》まなこの四角い顔が、すぐ赤くなったり青くなったりする。感情的で相手が図々しいと感じるほど、おしゃべり好きであった。

「旦那《だんな》、どうぞ、こちらへ」

松次は空いている床几に田端を座らせ、

「何だ、まだか」

苛立《いらだ》った口調になった。ちらりとおき玖の方を見て呟《つぶや》く。

「気がきかねえな」

「すみません、すぐにお酒を」

松次は全くの下戸《げこ》だが、田端は底なしのうわばみである。酒に強い田端に比べれば、辰吉の酒など序の口で、可愛いものであった。もっとも田端の酒癖は悪くない。悪いも悪くないも、何も変わらない。ただただ、黙って飲み続けるだけであった。

「筍はねえのかい。この店じゃ、ぼちぼち筍尽くしが出るんじゃなかったっけ？」

田端と松次は、去年、偶然、筍尽くしの二日目に訪れて、〃筍の有馬煮〃と〃木の芽揚げ〃、〃若草揚げ〃を堪能して行ったのである。特に天麩羅は下戸の松次の大好物で、松次は〃有馬煮〃を突《つつ》く程度で、酒ばかり飲んでいる田端とは対照的に、田端の分まで天麩羅を食べて大満足の様子だった。

「あれはもう、昨日で終わりました」

季蔵は頭を下げた。

「終わったってか」

松次はがっくりと首を垂れた。

「昨日か、終わったのは――」

「左様でございます」

「もう、何も筍は残ってねえんだな」

「申しわけございません」

塩梅屋の筍料理は尽くしにする二日間だけである。長次郎が、

「料理ってえのはな、ようは時季を食べるんだ。逃しちまったら食えないようでなきゃ、食い物の有り難さがなくなるじゃないか」

と言って、こと筍に限っては、買わずに必ず掘りに行き、掘りたてのものを、二日に限って料理して客に出すと決めていたのであった。

「そうか――」

しょげきっていると思いきや、松次は意地の悪いことを口にしはじめた。

「田端の旦那は酒をたかりにおいでになっているわけではない」

「よくわかっております」

そうは言うものの、田端や松次が飲み代を払って行ったことなど一度もなかった。

「旦那や俺たちお上は、おまえたちが安心して商いできるよう、悪い奴がよりつかねえよう、毎日、毎日、こうして見張っている」

「その通りでございます」

「ここへ立ち寄るのも御用の一環だ」

「そうでございましょうとも」

「だとすると、恩に着せるわけじゃねえが、筍尽くしに呼んでくれても罰はあたらねえように思うが、どうだ？」

「これはうっかりいたしました。誠に申しわけございません。この通りでございます」

季蔵はさらに深く頭を下げた。

「そうやって頭ばかり下げていてもなあ――。悔いる気持ちがあるんなら、どこぞで筍を手に入れてきて、旦那のために筍尽くしをやってくれないか」

決して、自分のためと言わないところが、人一倍食いしん坊の松次の上手《うま》いところである。

「ねえ、旦那」

松次に同意をもとめられた田端は、

「それはいいな」

ぽつりと言って、ぐいぐいと盃を空けている。さらに、

「山椒で煮たさいの目の筍は美味かった」

田端にはめずらしく次の言葉が出た。

「〝筍の有馬煮〟でございますね」

これには季蔵もうれしくなった。田端が肴を褒めるなどということは、今まで一度もあったためしがなかったからである。季蔵はおき玖の顔を見た。おき玖も驚いている。三吉も同様だった。

――これは何か、筍の料理を作らなければならないな――

そうは言っても、筍料理は尽くしの日二日きりという、長次郎の言い付けに背くわけにはいかない。

――どうしたものか――

しばらく、考え込んでいた季蔵はふと思い出した。

「三吉、筍の姫皮はあるかい？」

「勿体《もったい》ないので、捨てられなくて、とってあります」

実を言うと三吉はこの姫皮が好きで、筍尽くしの終わった今日あたり、家に貰《もら》って帰らせて欲しいと願い出るつもりでいた。これまでは機を逸して、こっそり持ち帰るのも気が

ひけ、結局、捨てていたのである。

季蔵は二人に長次郎の話をして、事情をわかってもらい、

「その代わり、お二人しか口にできない、面白い味を筍で作らせていただきます。これを、日頃、お守りいただいている御礼と思《おぼ》し召しください」

と言った。

田端は黙って首を縦に振り、松次は、

「残りもんで、美味えもんができるかよ」

疑《うたぐ》り深そうな目を向けた。

「お任せください」

季蔵が作ったのは〝姫皮豆腐〟であった。これも普茶料理の本から学んだものである。

まずは筍の姫皮を昆布だし汁、醤油、味醂で煮て下味をつけ、汁気を切って細かく刻んでおく。水に葛粉《くずこ》を入れてよく溶かしてから、鍋にかけて粘りが出るまで練る。これに刻んだ姫皮、砂糖、塩を混ぜて、流し缶に入れて冷やし固め、適当に切って器に盛り、木の芽味噌を上にかけると、〝姫皮豆腐〟の出来上がりであった。

冷やし固めるのに時がかかって、

「まだかい」

松次はちょいちょい嫌な目を投げてきたが、一口、〝姫皮豆腐〟を口にすると、

「こりゃあ、美味え」

だらりと相好を崩した。

「俺みてえな下戸には堪《こた》えられない代物だよ」

松次はひょいと隣りの田端の方を見た。田端の顔ではなく、前に置かれている〃姫皮豆腐〃を窺《うかが》っている。その目は、

――手を付けねえでくれるといいが――

必死で願っているように見えた。

だがこの時、田端は珍しく、目の前の肴を取り上げた。そして、すいすい箸を使って、まるで酒でも飲み干すかのように、するすると〃姫皮豆腐〃を食べ終えてしまった。

――〃姫皮豆腐〃って、大酒飲みにも堪えられないものなのね――

見ていたおき玖は危うくため息が出そうになった。

七

――〃姫皮豆腐〃は柔らかだ。思えば、これは〃鳴門たけのこ〃以上に、病人に向いたものだ――

季蔵は木崎の病んでいるという妻に思いをはせた。

――もしかして、今晩もおいでになるかもしれない――

そう思ってそっと〃姫皮豆腐〃を一人前、皿に取り分けた。

「先日、箱崎《はこざき》橋の行徳《ぎょうとく》川岸側で一本松《いっぽんまつ》藩の侍が死んだ」

これもまた、珍しく、田端が自分から口を開いた。

「ありゃあ、自害だと思いますぜ」

松次が田端の言葉を受けた。

「そうとも言えない」

田端はむっつりとした顔のまま、

「おかしなふしがある」

季蔵の方を見た。

「どこがおかしいのですか」

知らずと季蔵は身を乗り出した。武家は町奉行所の差配ではなく、田端のような同心が関《かか》わっているのが、まず、何とも奇妙である。

「その侍が死んでいたのは草地だった」

――死んでいたのが町方の地所だったので、町奉行所が関わったのか――

季蔵は合点した。

「そりゃあ、そうでしたけど、ちゃーんと、自害のお支度でしたよ」

松次は腹に深々と刺さっていた脇差《わきざ》しと、あたりの草が夥《おびただ》しい血に濡れて赤く染まっていた様子を思い出して、

――何もこんな時にこんな話を持ち出さなくても――

〝姫皮豆腐〟で勢いづいていた食欲が、多少失《う》せて田端が恨めしくなった。

「侍が草地で自害をするとは思えぬ」

田端は言い切った。

「それにわしは後日、一本松藩の若松家《わかまつ》江戸家老、中山三右衛門《なかやまさんえもん》様に呼ばれて、死んでいた侍、勘定方松木義之助《まつきぎのすけ》の横領について聞かされた」

「付いてった者の話じゃ、てえしたもてなしだったそうですね」

松次は羨《うらや》ましそうである。

「それがおかしいのだ」

「たしかに変ですね」

季蔵は相づちを打った。

「普通、大名家では何が起きても、たいていのことは揉《も》み消して、外へ漏らさぬものです。どこにお上の目が光っているかわからず、不祥事が表沙汰《おもてざた》になれば、御家《おいえ》はお取り潰しになってしまいますから」

「そうであろう。路上で斃《たお》れるは武士たる者の恥、死んでいる侍を屋敷まで運んだところで、そんな名の者は知らぬ存ぜぬ、わが藩にはおらぬと白を切り通すのが普通だというのに、馳走《ちそう》になった上、自害した理由まで聞かされたのははじめてだ」

「もっとも、このご時世、家臣の横領程度のことで、お取り潰しになったりはしませんが」

とはいえ、やはり、不祥事は断じて漏らしてはならぬというのが、武家のたてまえである。

「これには何か理由《わけ》がある」

田端はまた季蔵を見た。

「ありますね」

季蔵も田端を見た。

「何か証《あかし》を握られましたか？」

「わかったか」

田端はうっすらと笑った。無気力な目が一瞬光って躍った。

「松木義之助の朋輩《ほうばい》で妻女の兄である山本時右衞門《やまもとときえもん》という侍に話を訊いたのだ。時右衞門は、松木義之助は生真面目《きまじめ》を絵に描いたような男で、酒も飲まず、賭《か》け事も、もちろん女遊びもしない、ただただお務め大事の朴念仁《ぼくねんじん》だと言い、どう考えても、横領の罪を犯し、それを恥じて自害したとは思えないと涙ながらに語った。草地で腹を切っていたのも、全くわからぬことだと言う。果てたその日、松木は国許《くにもと》の妻女のため、かざり職に頼んであった、梅の花の簪が出来上がったので、引き取ってくることになっていたのだそうだ。松木の骸《むくろ》を見た時、せめて、その簪を亡き松木の形見と思い、国許の妻女に渡してやりたいと、引き渡された松木の骸をくまなく調べたが、持っていたはずの簪はどこを探しても見つからなかった。かざり職にも訊《たず》ねてみたが、たしかに松木に渡して、代金も受け取っているということだった——。松木は簪を持ち帰るところを待ち伏せされ、自害を装わされて殺されたのだとわたしは思う。男一人をねじ伏せて無理やり腹を切らせたのだから、相手は大男で相当力の強い奴だろう」

「今、梅の花の簪とおっしゃいましたね――」

おき玖が口を挟んだ。昨夜、木崎が床に落とした梅の花の簪を思い出したのである。

――あの時、あの人、逃げるように帰って行った――

「細工は平打ちではありませんか」

おき玖の問いに、

「そう聞いている」

――それじゃ、やっぱり――

青ざめたおき玖は季蔵と顔を見合わせた。

――まさか、あの木崎様が――

季蔵は心の揺れを悟らせないために、田端の顔から目を逸《そ》らせた。後ろ姿の三吉はぎくりと肩を震わせている。

――大男となりゃあ、あのお侍しかいない――

一方、

「おまえら、何か、心当たりでもあるのではないか」

田端は鋭かった。酒に強い田端は飲めば飲むほどに勘が冴《さ》えるのである。

「そんな、ありゃしませんよ」

──梅の花の簪なんて、この世に幾つもある。偶然かもしれない──

おき玖はそう信じたかった。

「だって、あたしたち、ここでお客さんをお待ちしてるだけですもの。嫌ですよ、旦那、ご冗談ばっかし」

おき玖が田端を相手にはしゃいで見せるのは初めてであった。

──あの奥様想いの優しい人が人殺しだなんて、金輪際信じたくない──

しかし、田端は、

「季蔵、おまえは心当たりがありそうだ」

背けた季蔵の顔を見据えた。

「いや──」

季蔵もまた、

──人を殺《あや》めれば間違いなく死罪。そうなったら、病に苦しむ連れ合いはどうなるのか。自らの病に加えて、夫の処刑とあっては、あまりに酷すぎるではないか──

おき玖と同じ想いであった。

──だから、今晩はおいでにならぬ方がいい──

それで、取り置いてあった〝姫皮豆腐〟の皿を、

「どうですか、親分、お気に召したのでしたら、もう一皿」

松次の前に出した。

「こりゃあいい」

松次が箸を伸ばしたのと、がらりと音がして、

「昨夜の礼が言いたくて」

木崎吉五郎が入ってきたのとは、ほとんど同時であった。

この時、

「この人だよ、この大男がお侍を殺したんだ、梅の花の簪だって持ってる、間違いないよ」

と三吉が叫んだ。

季蔵とおき玖は顔を見合わせて同時に眉を寄せた。

戸口に立っていた木崎は一瞬、啞然《あぜん》としたが、田端と松次の十手《じって》を見るとぎょっとし、顔を引きつらせ、踵《きびす》を返して逃げ出した。

「松次、追うのだ」

田端は松次を促して外へ走り出た。そして、駆けていく木崎の後を追いはじめた。田端はあれだけ酒を飲んだというのに走りが速く、松次は、

「旦那、待ってくださいよ」

悲鳴を上げながら付いていく。

しかし、田端の足よりも木崎は速くて、とうとう田端は生きている木崎に追いつくこと

はできなかった。

木崎は田端たちが松木義之助を見つけた同じ草地で、自ら刀を腹に刺し通して果てたのである。

木崎は懐に文といわくの簪を携えていた。文は自らの罪、松木義之助殺しを認める内容のもので、見も知らない相手を殺さなければならなかったのは、病妻の薬代のためであったと書かれていた。

——せめて、この世にいる間は精一杯の手当をしてやりたかった——

また、如何《いか》に手を尽くしても妻の命には限りがあること、妻の命の灯火が消えたら、いずれ、自首、罪を償って、妻の元へ行こうと決めていたことも記してあった。

——ただし、たえの命があるうちに捕縛されるような事態に陥った時は、自害するつもりでいる。下手人として裁かれ、処刑されるそれがしの姿をたえにはとても見せられない——

簪は松木を殺めた際、偶然見つけて、妻の顔が浮かび、つい手にしてしまったものだった。

——しかし、これは罪の血に染まっているも同然の代物、わが妻たえの髪になど挿《さ》したら、たえもそれがし同様、地獄に落ちてしまう——

とても妻に差し出す気にはなれなかったとして、松木義之助が届けたかった相手、松木の妻に渡して欲しいと書いてあった。

夫の顚末《てんまつ》を田端たちから聞いた木崎の妻たえは、病臥したまま、

「そうでしたか」

意外に明るい顔で涙もこぼさず、

「わたしもすぐに行けるので寂しくはありません。仏様の御慈悲で、わたしもあの人も清らかで美しい涅槃《ねはん》に行けると信じています。でも、涅槃ではもう、食べることはできませんね。夫と二人で最後に食べた筍の蒸し物、あれほど美味しいものはなかった、どうか、塩梅屋さんによろしくお伝えください」

と言った。

翌日、塩梅屋を訪れた田端はたえの様子を伝えた。

これを聞いた三吉は、

「何だか、おいら、悪いことをしたような気がする」

と塞《ふさ》ぎ込んだが、

「おまえは正しいことをしたんだ、気を落すことはない。世の中には情に溺《おぼ》れてはならぬこともある。今回ばかりは三吉、おまえに教えられたよ」

季蔵は自分に言いきかせるように言った。

そして、次の日、季蔵が案じて、たえの元へ出向いてみると、たえはすでに息絶えていた。たえの顔は窶《やつ》れて病苦の跡が見て取れたが、その表情はことのほか安らかであった。

第二話　早水無月《はやみなづき》

一

今年も嘉祥《かじょう》御祝儀が近づいてきていた。元は京の公家《くげ》たちの間で行われていた行事だったが、徳川家康がこれを取り入れて以来、諸大名が江戸城へ参勤し、将軍から菓子を賜るという習わしである。これを真似《まね》た江戸の町の人たちは、もとより参勤などとは無縁なので、家々で餅《もち》をついたり、菓子をもとめたりした。嘉祥御祝儀は嘉祥喰《ぐ》いとも言い、いわば、菓子をおおっぴらにたらふく食べられる日であった。

「季蔵《としぞう》さん」

昼下がり、季蔵が離れで長次郎《ちょうじろう》の残した日記をながめているとおき玖《く》が呼びにきた。

表の店とは忍冬《にんどう》の垣根で隔てられている塩梅屋の離れは、隠居所めいた平屋にすぎないが、厨《くりや》があり、長次郎はここで訪れる客をもてなしながら、隠れ者ともいう隠れ同心の仕事に励んでいたのである。さびれた船宿ほどの広さで、座敷から見える裏庭には、苔《こけ》むした手水鉢《ちょうずばち》がぽつんと一つあるだけであった。座敷の隅には、摺《す》り切れた座布団が積まれていた。これを見た時、季蔵は、相当の身分の方もおいでだったとか——お奉行のお話ではとっつぁんに仕事を頼む方々には、相当の身分の方もおいでだっ

たとか——。これではお客様方に礼を欠いていたのではないか——などと俗っぽい常識に囚《とら》われた。お奉行とは北町奉行烏谷椋十郎《からすだにりようじゆうろう》のことで、長次郎は烏谷の下で働いていた。季蔵も今では、背丈、身幅が人並み外れている、この巨体の持ち主の指示を受けていた。

——そろそろ、あのお奉行がここへみえるような気がする——

烏谷とは店ではなく、離れで話をすることになっていた。初めて離れで向かい合った時、季蔵がいくら勧めても、烏谷は座布団を使わなかった。

「あれはあれのためだからな」

まるでわからない言葉のはずだったが、

「そうでした、迂闊《うかつ》でした、あれはあれのためだけだったのですね」

頷《うなず》いて季蔵は微笑《ほほえ》んだ。

あれとは長次郎が特別に作っていた〝熟柿《ずくし》〟のことである。〝熟柿〟は色づいてきた庭の美濃柿《みのがき》をもいだ後、この離れに持ち込んで用意しておいた木箱に入れ、箱の周りを揩り切れた座布団で保温して作る。これで、とろりと甘く舌の上で溶ける〝熟柿〟が出来上がるのであったが、秘《ひ》訣《けつ》は何といっても保温の頃合いだとおき玖は言う。どうやら、布団の皮から綿がはみ出しかけている、揩り切れた座布団が秘訣のようなのだ。

長次郎は月ごとに作った食べ物や、届けた相手を書き記していた。

たとえば、〝熟柿〟なら、

〝太郎兵衛《たろべえ》長屋　持参　長次郎柿〟

と書かれていたのである。

長次郎柿が〝熟柿〟であることを教えてくれたのはおき玖で、以来、おき玖は、かつて長次郎にそうしていたように、季蔵の〝熟柿〟作りを毎年、手伝ってくれている。

このところ、季蔵の足が離れへ向くのは、長次郎が残した日記が理由だった。

〝早水無月《はやみなづき》〟

と一言あって、長次郎が書き記したのだから、食べ物には違いないと思うのだが、何だか皆目見当がつかない。

おき玖も知らなかった。

「水無月の食べ物を書いたところにあったのだから、うっかり、食べ物ではなく、月の名を二度、書いたのかもしれないわ。おとっつあん、あれでうっかりしたとこもあったから」

などと言って笑ったが、季蔵はそうは思えず、離れで〝早水無月〟と書かれた一言をながめているのであった。

「季蔵さん、お客様」

「お客様ならここへ」

「ここへ？　いいの？」

おき玖は擂り切れた座布団の方を見た。

「烏谷様なら大丈夫ですよ」

「烏谷様ではないの」

「それではどなたです？」

「嘉月屋《かげつや》さんのご主人。お茶を淹《い》れて、店で待ってもらっています」

元禄《げんろく》（一六八八年〜一七〇四年）の頃から続いている嘉月屋は、江戸で一、二を争う菓子屋であった。嘉祥御祝儀の菓子を将軍家に納めるほどの格式である。

――そんなご立派な老舗《しにせ》の大店《おおだな》と小料理屋の主《あるじ》が知り合いになんぞ、なるものなのかしら？　これはきっと何かの間違いね――

おき玖は首をかしげた。

「季蔵さん、ご主人と知り合いなの？」

普通に考えると、とても縁のある相手とは思えない。

――そうでなければ、あちらが騙《かた》りということも――

一瞬だがおき玖は顔を曇らせた。

「いえ、顔を見知ってるだけですよ。嘉月屋の嘉助《かすけ》さんは、仕事柄、あちこちの湯屋の二階を覗《のぞ》くことが多いのだそうです」

湯屋の二階の広い座敷は男たちが茶菓を楽しみながら、碁や将棋などでくつろぐ場であった。嘉月屋の商魂はなかなかのもので、上は将軍家に納められるものから下は湯屋で売られるものまで、駄菓子類を除く多種多様の菓子を手がけていた。

「あら、本当だ」

元の明るい顔に戻ったおき玖は、ぽんと一つ、両手を打った。

「嘉月屋のご主人、嘉助って名乗ったもの。本当に季蔵さんの知り合いなのね」

「湯屋の二階ではじめは碁なんぞを差してたんですが、そのうちに食べ物の話になって、二人ともそれが好きなものだから、以来、会うことがあると、碁なんぞそっちのけで、その手の話ばかりしてるんですよ」

季蔵は苦笑した。

「相手が嘉助さんなら、たしかにここではない方がいいですね」

その嘉助は店の床几《しょうぎ》に座って待っていた。

「いい店ですね」

季蔵の顔を見るとすぐそう言った。

「心が楽になる場所です」

嘉助は小柄で痩《や》せていて、おまけに童顔である。そのせいで、父親が亡くなって、跡を継いでからすでに八年も経《た》ち、年も三十をとっくに越え、妻も居るというのに、まだ若旦《わかだん》那《な》のままだと思われることが多かった。しかし、つぶらながら、きらきらとよく光る利発な目は遣《や》り手である証《あかし》であった。

「ありがとうございます」

季蔵は頭を下げた。

「淹れていただいたお茶もたいそう美味《おい》しかったですよ」

嘉助はそばに居たおき玖を見た。

「それはどうも――」

おき玖も恐縮して、茶を注《つ》ぎたすために湯を沸かしにかかった。

「何の用向きで？」

嘉祥御祝儀が近く、嘉月屋は今、猫の手も借りたいほど忙しいはずであった。そこの主が、よりによって昼下がり、湯屋で親しくなった小料理屋を訪ねるには、何かそれなりの理由がなければ合点がいかなかった。

「実は嘉祥喰いの日を睨《にら》んで、新しい菓子を作ろうと思っているのです。それで是非、相談に乗ってもらいたいと思いまして――」

「新しいお菓子の相談に乗って欲しいと言われても、うちは料理屋ですから――」

季蔵は当惑した。

「そうは言っても、先代の〝熟柿《みはし》〟は知る人ぞ知るですよ」

嘉助はぎょろりと大きく目を瞠った。

――はて、〝熟柿〟の話を嘉助さんとした覚えはないが――

「お客様の一人に言われたのですよ。ここの〝熟柿〟に敵《かな》う菓子は、この江戸には無い、毎年、嘉月屋が将軍家に献上している、嘉祥御祝儀の菓子さえも例外ではない——と。それで、かなり気落ちしているのです」

「でも、〝熟柿〟は秋ですよ」

茶を注ぎたしたお き玖が口を挟んだ。

「何もわたしは〝熟柿〟を作りたいなぞと申しているのではありません。人様が極めてしまったものを、いただくつもりはないのです。わたしが作りたいのは、嘉祥御祝儀にふさわしく、かつ、誰の舌にも親しみやすく美味しい、新しい菓子なのです。どうか、お力を貸してはいただけませんか。この通りです」

嘉助は深々と頭を下げた。

「わかりました。ですから、どうか、頭をお上げになってください」

「ありがとうございます」

額に冷や汗をかいていた嘉助はにっこりと笑った。

「よかった、断られたら、どうしようかと思っていたのです」

嘉助はほっとして、やっと肩に入っていた力を抜いた。

——たいした人だ、大店の主だというのに、供の者も連れず、こんなところまで頼みに来た上、頭まで下げて——

嘉助の気合いに気押《けお》された季蔵は、

「わたしでよければ、何なりと力をお貸ししますが、さっき申し上げたように、わたしは菓子のことは何も知らないのです」

やはり、まだ当惑している。すると嘉助は、

「季蔵さんは菜を作る料理は料理、菓子は菓子と分けて考えているようですが、これは当たっていないこともあります。松風卵《まつかぜたまご》をご存じですよね」

小麦粉を加えた薄焼き卵を重ねて、上にけし粒を振りかけたのが松風卵であった。

「松風卵は菜ですが、元は菓子の松風です。松風は煎餅《せんべい》風だったり、餅のようであったりいろいろですが、やはり、松風卵同様、パラパラとけし粒や胡麻《ごま》を振りかける、焼き菓子なのです。松風卵は菓子の松風から思いついて作られるようになったのですよ。だから、菜と菓子は別に考えるものではないのです」

二

「さすが、嘉月屋さん、お詳しいのですね」

おき玖の言葉に続けて、

「まあ、飛竜頭《ひりょうず》なんかも、菜だか、小腹が空《す》いた時に食べる菓子みたいなものなのか、区別がついていませんね。飛竜頭を甘くない揚げ菓子だという人もいます」

季蔵も思いついたことを話した。飛竜頭とはいわゆるがんもどきである。

「もっと極端なのは、菓子代わりに茶受けに食べられることもある漬物の類《たぐい》ですよ。漬物はどう見ても菓子とはいえません。茶受けを漬物で済まされると、わたしども菓子屋はあ

がったりです」

「そう考えていくと、たしかに菜と菓子は従兄弟《いとこ》ぐらいには親しいものですね」

季蔵はなるほどと頷いた。

「しかし、どうして今まで、この手の話をしなかったのか、不思議ですよ」

嘉助は小首をかしげた。

「湯屋ではいつも、競争のように菜と菓子の話を相手に聞かせていましたからね」

季蔵は苦笑した。

――この二人、いつもこんな話をしていたのね。何も湯屋に行ってまで、商いに関《かか》わることを考えなくてもいいものを――

二人の話を聞いていたおき玖は半ば呆《あき》れた。

「松風と松風卵は菓子の松風の方が先ですが、菜で菓子にできるものがあればと思っているんです。それで、ここにお知恵をお借りしにまいったのですよ」

「菜で菓子にできるものとおっしゃられてもねえ――」

季蔵は考えこんだ。

「形だけ菜を真似《まね》たものでは駄目なんですか」

「それじゃあ、嘉祥御祝儀のうずら焼や寄水《よりみず》なんかと同じでしょう」

諸大名が将軍家から賜る嘉祥御祝儀の菓子は、饅頭《まんじゅう》、羊羹《ようかん》、うずら焼、寄水、きんとん、あこやと決まっている。

この中でうずら焼は、餅米の粉をこねて、蒸したものを塩餡《しおあん》で包み、うずらの卵の形に丸めた菓子であり、寄水は餅米の粉で作る細工物で、白と黄に染められてくの字型に捻《ねじ》られ、太古から流れ続ける川の水を模《かたど》っている。きんとんは黄色の団子で黄金を表し、あこやは餅と餡で、おめでたい真珠貝の形を模っていた。

「思いつくのは、〝早水無月〟だけです」

季蔵はぽつりと言った。

「菜の名ですか」

「たぶん。ただし、先代が書き残していたのは名だけなので、どんなものなのか、見当もつきません」

「〝早水無月〟ねえ――」

嘉助は神妙な面持ちで腕を組んだ。

「〝水無月〟なら聞いたことがあるような気もしないじゃないんだが――」

「嘉助さんが聞いたことがあるとすれば、〝早水無月〟は菓子ですね」

季蔵は気が急《せ》いた。

「そう、先回りしてもらっちゃ困るよ。子どもの頃、死んだおやじから聞いたような気がする、それだけなんだから」

「先代の日記に一言、ぽつんと〝早水無月〟ですからね、これは気になりますよ」

「季蔵さん、〝早水無月〟がたいそう気になってるんですよ」

おき玖が言い添えた。

「わたしも気になってきましたよ、〝早水無月〟なんて、今時分のことだし、料理や菓子につけるには、何ともいい名ですからね」

そう言って腰を上げた嘉助は、

「これから帰って、うちの者たちに、〝水無月〟について書いたものが、何か残ってないか調べさせます。わかったらすぐにお報《しら》せしましょう。〝早水無月〟、〝早水無月〟」

と唱えるように言いながら、店を出て行った。

その嘉助と入れ違いに豪助《ごうすけ》が入ってきた。

「おき玖ちゃん、元気かい？」

豪助は、

「兄貴、俺だよ」

と言って入ってくるのが普通だったから、いつもに似ぬ挨拶《あいさつ》に、

「元気よ」

おき玖は狐《きつね》につままれたような顔をした。

「何よ、豪助さんらしくもない、どうしたのよ」

「いや、なに、この前来た時、雛次《ひなじ》の話をしていたからさ」

「雛次さんの話、したからって、病気になんぞならないわよ」

「まあ、そうなんだが」

しどろもどろとなり、豪助がおき玖の何を案じているのか、わからなかったが、

「そういえば、さっき出て行ったのは、嘉月屋の主だろう」

話を転じ、ほっとしたような表情になった。

「兄貴が嘉月屋あたりと知り合いとはな」

そこでおき玖は先ほど、季蔵から聞いた話を豪助にも話して聞かせた。

「ふーん、湯屋友達だったのか」

「そうなのよ、湯屋で二人して料理やお菓子の話ばかりしてたんですって」

「湯屋なら、もうちっと、色気のある話でもすりゃあ、いいものを」

豪助も呆れた。

湯屋では男湯と女湯とが分かれていたが、時には、この決まりを無視して、若い男女を裸で見合いさせるような蛮行も、立派に繰り広げられていたのである。

「女湯覗きとかさ」

羽目板で隔てられている女湯の脱衣所を、男湯の客たちが覗くのは、たいして珍しくもない話であった。

「それとなあ、兄貴、あんまり、こんなこたあ、言いたくねえんだが、一つ、気にかかることがあるんだ」

豪助はいかにも言いにくそうだった。

「いったい何なんだ?」

「嘉月屋の主のことなんだが」

「嘉助さんがどうしたというのだ？」

季蔵は片眉《まゆ》を上げていた。嘉助に何か、非があるとは思えなかった。

「嘉月屋には別嬪《べっぴん》の噂《うわさ》が高いお内儀《かみ》さんがいる」

「その人、見たことはないけど、話で聞いたことはあるわ。元は下谷小町なんだけど、京橋、深川、両国、どんなところの小町が束になっても敵わない。だから、観音小町って言われたそうね。〃菓子屋には花が必要だ〃って、嘉月屋の先代が見込んで息子の嫁にしたんだとか──たしか名前はお市《いち》さん」

「先代が死んだのは八年前だから、夫婦《めおと》になってもうかれこれ十年になる。だが、この夫婦にはまだ子がいねえ」

「嘉助さんが他所《よそ》に女でも囲ってて、子がいるとでもいうの？」

大店の主が妾《めかけ》を持つのは、たとえ子があってもなくても、そう珍しいことではなかった。豪助が気にかけるほどのこととは思えない。

「そうじゃあねえよ」

豪助はやはり、まだ奥歯に物の挟まったような物言いである。

「嘉月屋の主は女遊び一つもしたことがないようだ」

「きっとお仕事に精を出しているのよ」

おき玖は嘉助の全身、これ商いといった様子を思い返していた。

――それにあの人、料理やお菓子の話が好きで好きで仕様がない様子だった――

「いくら仕事好きだって言っても、まだ、あの若さだぜ。お内儀の方は三つは若い。観音小町のお内儀が間男を拵《こしら》えるまで、かまわないっていうのは、おかしなもんじゃないか」

「まさか、豪助さん」

おき玖は目を丸くした豪助を見た。

「嘉助さんのこと――」

おき玖の目は季蔵へと移った。

「世間じゃ、こんなことを言ってる奴がいる。〝いつまでも子どもみてえな嘉月屋の主は、女じゃなく、独楽《こま》や凧上《たこあ》げの遊び相手にできる男が好きなんじゃねえか〟ってね。兄貴は嘉月屋の主と、湯屋で出会ったっていうから、ちょいと心配になったんだよ」

「それはないよ」

季蔵はさらりと言った。

「湯屋で裸のつきあいをしているが、何も思い当たらない」

「それならいいんだが」

豪助はほっと胸を撫《な》で下ろした。

「それより、どうして、お市さん、そんな無茶なことをしてるのかしら？　あんなにいい旦那様なのに――」

おき玖はきらきら輝いていた嘉助の目を思いだして、

「一つのことに一心不乱に打ち込んでいる夫を、支えてあげたいと思うのが妻でしょうに」

「もともとお市は器量自慢の女だ。先代も見込んだのはお市の器量で、心映《こころば》えじゃあねえ。女も器量が過ぎると人なんざあ、たとえ亭主でも、思いやるなんてこたあ、ねえんじゃないかな。その上、亭主の趣味は仕事ときてて、ただでさえ構えの大きかった嘉月屋を、明日は今日より、明後日は明日よりってえ具合に、どんどん、身代を膨らませていく。若くて器量がよくて、金が唸《うな》るほどあって、亭主がかまってくれねえとなりゃあ、やることは決まってらあ。一日置きに越後屋《えちごや》まで足を運んで、着物や帯を選んだり、男前のかざり職を呼びつけて、簪《かんざし》なんぞを頼んでる間はまだよかった。だが、とうとう、役者買いにまでなるとな――、そろそろ、歯止めがきかなくなっちまってるんじゃねえかって、世間じゃ、盛んに噂してる。知らぬは亭主ばかりなりってね。兄貴に思い当たることがねえんなら、嘉月屋の主が男を好きだなんて話も、女房の間男に気がつかねえ、阿呆《あほう》ぶりを嗤《わら》ってるだけなんだろう」

そこまで話して豪助は立ち上がりかけて、

「雛次のこと、今でもこの前みてえに、ちょいちょい、思い出すのかい？」

おき玖に訊《き》いた。

「まさか、毎年、筍《たけのこ》の頃だけよ。筍掘りを手伝ってくれたから、それで思い出すの」

おき玖はあっさりと答えた。

三

豪助が出て行った後、季蔵は三吉《さんきち》と一緒に仕込みをはじめた。

「いい白瓜《しろうり》ですね」

三吉は見事な白瓜を手に取った。

「この間まで旬の野菜は筍だったのに、もう、白瓜なんですね」

三吉が作ろうとしているのは白瓜の日陰干しであった。

まずは白瓜に塩をまぶして両手で全体にこすりつけ、水洗いして塩を洗い流し、水気を拭《ふ》き取る。次に両端を切り落としてから三等分にして、中心にある種とわたをへらで丁寧に取り出す。ここまでが下処理である。

あとは三等分した白瓜各々を、薄く螺旋《らせん》状にむくように切っていく。桶《おけ》に水と塩、昆布を浸してしばらく置き、昆布の旨味《うまみ》を移してから、螺旋にむいた白瓜をまたしばらく浸す。旨味が移った白瓜を取り出して、軽く水気を切り、金串《かなぐし》などにかけて風通しのいい日陰に一刻《いっとき》半（三時間）ほど吊《つる》しておく。

白瓜を日陰干しにするのは、半乾きにして食感をよくするためである。少し水分が残る程度に干し上げて、食べやすい大きさに切り揃《そろ》え、そのまま、かつおぶしと醤油《しょうゆ》、または煎《い》り酒をかけて食べてもいいが、塩梅屋《あんばいや》では付きだしの胡麻味噌《みそ》和えにする。胡麻味噌で和えた白瓜に大葉や茗荷《みょうが》を添えると、何とも、この時分らしい涼やかな逸品となる。

「今からだとちょうど日の陰る頃、出来上がりますね」

　三吉は金串とむいた白瓜の入った籠《かご》を持って、勝手口を出て行こうとした。

「日陰干しができる間に頼まれてほしいことがあるんだが」

「へえ、何でしょう？」

　三吉は振り返った。

「酒が足りるかと心配だ。今日は真夏みたいな陽気だし、白瓜の胡麻味噌和えとなると、皆さん、お酒が進むことだろう。これには冷や酒が合うからなおのことだ」

「わかりました、一っ走り、酒屋まで行ってまいりやす」

　そう言って三吉は勝手口を出て行った。

　季蔵が一人になって、ほどなく、がたぴしゃと腰高障子を開ける音がした。

　入口に背を向けていた季蔵が、

「お客様でしたら、まだ店は開けておりません」

　振り返ると、

「俺です」

　指物師《さしものし》の婿で指物師見習いの勝二《かつじ》が立っていた。

「あら、勝二さん」

　離れに掃除に行っていたおき玖が戻ってきた。

「まだ暖簾《のれん》は出しちゃいないけど、とりあえずはお茶でも飲んでてくださいな」

おき玖は薬罐《やかん》に水を足して竈《かまど》にかけ、

「やれやれ、今日はお茶ばかり淹れる日だわ」

と小さく吐息をついた。

「それにしても、勝二さん、一人で先に来るなんて珍しいわね」

勝二はたいてい履物屋の喜平《きへい》と一緒である。

「皆さん、ほどなく、おいでになるんでしょ？」

喜平、勝二、それに大工の辰吉《たつきち》は塩梅屋の馴染《なじ》み客である。

「いいや」

勝二は首を横に振った。

「わからねえ」

ぽつりと言った。

「あら、それじゃ、勝二さん、喜平さんたちと喧嘩《けんか》でもしたの？」

喧嘩は喜平と辰吉がするものと決まっていて、勝二はいつも仲裁役のはずであった。

「そんなことじゃねえんです」

勝二はいささか鼻白んだ。

おき玖の淹れた茶をちらりと見て、

「できりゃあ、俺、酒を飲みてえ気分なんですけど」

訴えるように季蔵を見た。

「それじゃ、特別にそうしときましょうか」

季蔵はこれも残っていた酒を出してきた。

「何か拵えてみますよ」

季蔵は残っていた白瓜を手に取ると、皮をむき縦半分に切って、へらを使って種とわたを丁寧に取り除いた。これを薄切りにして、刻んだ大葉と混ぜ、煎り酒をかけてもむと、白瓜の煎り酒もみの出来上がりであった。こればかりは煎り酒でなければならず、胡麻味噌で和えては、味ののりが悪いのである。

「勝二さんに限ってだけの付きだしです」

季蔵は白瓜の煎り酒もみと湯呑《ゆの》みに注いだ冷や酒を、勝二の目の前に置いた。

「俺だけの付きだしか――」

勝二はみるみる目を潤ませて、

「うちじゃ、俺だけのものなんてなーんにもねえからなあ」

早速、箸《はし》を取り上げた。

「美味《うま》い」

ため息をついて、

「同じ白瓜でも女房のおかいが、どっさり漬物にして、どーんと皿に盛って出てくるのとは大違いだ。おかいの漬物なんて、切ってあるはずなのに、つながってることまであるからなあ」

思わず、女房の愚痴を口にした。

「おかいのおとっつあんの親方や、倅《せがれ》の勝一《かついち》の菜は、見た目も綺麗《きれい》だし、器だって凝ってるんだよ。親方は親方で偉いし、子どもは男の子で跡継ぎの上、可愛《かわい》いから仕様がねえとは思うんだけどさ」

愚痴は義父やわが子にも及んだ。

冷や酒をぐいと一気に呷《あお》った勝二は、

「これも美味い、冷や酒ってえの、なかなかいけるね」

お代わりをと季蔵に差し出した。

「冷や酒はなかなか酔わないって言いますが、そのうち、どんと利いてくるはずです。気をつけてください」

普段、かけつけで冷や酒を湯呑みで飲むのは辰吉であった。勝二が冷や酒を注文したことは一度もなかった。

「一度でいいから、俺も辰吉さんみてえに、飲んだくれて、おかいに迎えにきてもらいてえ」

「なさってみてはいかがです？」

季蔵は唆《そその》かしてみた。

すると、勝二は冷や酒のお代わりを啜《すす》りはじめて、

「そんなこと、してもらえっこねえよ。親方にそんなこと知れたら、〝あいつの仕事はま

だ半人前、飲んだくれるには十年は早い〟なんて叱《しか》られちまう。親方は名人と言われる指物師加平《かへい》だからね。親方はたいして酒は飲まないし、おかいは酒飲みが嫌いだから、俺、追い出されちまうかもしんねえ」

ぼそぼそと言った。

「名人の娘婿に見込まれた勝二さんは、男の子もできて、幸せ者だって、皆さん、噂してますよ」

おき玖が口を挟んだ。

「けど、上手《うま》く娘をたぶらかして、婿になったっていう人もいる」

勝二は酔った目をおき玖の顔に据えた。

「それから、名人加平は跡取りができりゃあ、それでいいんで、幼い頃から厳しく仕込んで、しっかり修業させるだろう。あそこじゃ、婿なんぞ、種付けみてえなもんだから、そのうち、実の子も父親を馬鹿にするだろう、いつ、いなくなってもかまわねえんじゃないかっていう噂もある」

「酷《ひど》い話だわ」

おき玖は憤慨した。

「でも、陰でみんなが言ってることだから」

勝二は箸を止め、しょんぼりと肩を落とした。

「聞きたかあねんだが、耳に入るのよ」

「辛《つら》いですね」

季蔵は声をかけた。

「傍目《はため》ではわからない辛さですね」

「そうなんだよ」

勝二は泣き声になった。

「よくわかってくれた」

「でも、人っていうのは、辛いことばかりじゃ、生きて行けない。勝二さんだってそうでしょう？　何か慰めがないと――」

季蔵は勝二の顔をじっと見つめた。

「知りたいですね、勝二さんの慰め」

「そりゃあ、ここへこうして来ることさ」

「それはそれは、ありがとうございます」

「けど、ここで充分ってことはないわね。勝二さん、若いし遠慮深いから、喜平さん、辰吉さんほど言いたい放題じゃないもの」

おき玖は、案じるまなざしを勝二に投げた。

「男の人って、慰めが必要になると、お酒か賭《か》け事、それに女の人のどれかだって言うわよね。勝二さん、お酒もそれほどじゃないし、賭け事はまるでやらないから――」

先を続けかけたおき玖は、

「そうそう、男の人はそういう話、女の前ではしたくないもんだったわ」

はっと気がついて、

「いけない、あたし、離れの仏壇にお花、供えてくるの忘れてたわ」

勝手口を出て行った。

「自分が自分じゃない心持ちなんだ。そのことを想《おも》ってると、地に足がついてねえみたいにふわふわして幸せなんだ。このまま、それだけを想っていたいって、思い詰めちまうこともある。もちろん、夢にも毎日のように見る。子どもの泣き声で夜中に目が覚めて、子どもに乳をやって寝かしつけてるおかいを見ると、少し前までは、感心したもんなんだが、今じゃ、いい夢を邪魔されたように思えて、むしょうに腹立たしくなる。こんな家、俺の方が出て行ってやると、行く宛《あ》てもないのに思うのもこういう時だ。俺、このところ、どうかしてるんだと思う。けど、どこがどう、どうかしてるのか、自分ではわかんねえ。こんなこと、他人様《ひとさま》に話していいものか、どうかって迷ったんだけど、季蔵さんなら、わかってくれるような気がして――」

四

――よくわからない話だ――

そこで季蔵は、

「話してみてください」

促したが、

——果たして、わたしが聞いてわかる話だろうか——

一抹の不安はあった。

「俺は——」

勝二が話し始めた時、

「邪魔をするよ」

また、腰高障子が開いた。

「喜平さん、まだ、陽《ひ》の高いうちからお早いお越しとは、お珍しいことですね」

入ってきたのは履物屋の隠居だった。

「ここに用はまだないんだが、この男のことが気になってね」

喜平は勝二をじろりと見据えた。

「俺のことで？」

勝二は目を瞠った。

「何でご隠居が俺を案じるんです？」

「さっき、この近くですれちがった時、わしに気がつかなかったじゃないか」

喜平は呆れたように言った。

「へ、そうでしたか」

「そうだよ。それに何より、その時のおまえさんの面構えが気にかかった」

「俺、どんな面構えでした？」

勝二は眉を寄せた。

「男の顔をしてなかった」

喜平は真顔で言った。

「それ、どういうことです？」

思わず季蔵は口を挟んだ。

――喜平さんの言ってることも、あまりよくわからない――

すると、

「季蔵さん、こればっかりはあんたじゃだめだよ」

喜平はにやりと笑った。

「見たところ、あんたは真面目《まじめ》だ。真面目な石部金吉に勝二のことはわからねえよ」

「じゃあ、ご隠居はわかってるっていうのかい？」

勝二はむっとしている。

「〝男の顔をしてなかった〟なんて、いい加減なこと、どうして言ったりするんだい？

俺には、女房、子どもが居る。れっきとした男だよ」

「そういう意味じゃないんだ」

喜平はやんわりと諭した。

「男ってものはな、普段はもちろん生まれもっての男の顔をしてるんだが、ひとたび悪い女に取り憑《っ》かれちまうと、妙にべたべたしてきて、しまりがなくなり、なよなよした女の顔に似てきちまうもんなんだよ。そのうち、力が衰えて痩せてもくる」

「すると、勝二さんは——」

季蔵は改めて勝二の顔をながめた。

「女の顔に似てきたかどうかはわかりませんが、顔色はよくありませんね」

「あまり眠れねえからだよ」

「よくない、夢ばかり見るんじゃないのかい？」

喜平の言葉に勝二は小首をかしげた。

「よくねえかどうかはわからねえ。極楽に居るみてえな夢だから。家で気ばかり使ってちぢこまってることを思えば、どんなにか、気の晴れる夢かしれねえ」

「その夢の話、まちがいなく濡《ぬ》れ場と見た。俺に聞かせちゃくれねえか」

喜平は身を乗り出した。

「嫌だよ、助平で通ってる喜平さんに話すのなんて——」

勝二は唇を固く結んだ。

「わしはおまえさんを心配してるんだよ」

喜平は親身であり、

「おまえさんには、いつも辰吉とのことで案じてもらってるからな。たまには、恩返しをしたいだけなんだ。もっとも、助平心が全く無いとは言えんがな」

　正直でもあった。

「どうです？　喜平さんもここまで案じていなさるんだ。お話しなされては？」

「わかった」

　渋々うなずいた。

「夢の中で俺はうっかり部屋を間違えて、障子を開けちまうんだ。するとそこには、男と女が絡み合ってる。畳の上には、昼の光が射《さ》してて、男と女がしどけない姿で睦《むつ》み合ってる様子は、歌麿《うたまろ》の春画みてえだった。特に女のむっちりと膨らんだ乳が、桃の花みてえに綺麗でね、男がそいつを口に含んで吸うと、二人は交代で喘《あえ》ぐんだよ。女の着けてる香が男と女の睦み合う匂《にお》いに溶け込んでて、何ともたまらない香りだった」

　勝二はごくりと生唾《なまつば》を飲んだ。

「たしかにいい夢だな」

　喜平は咳払《せきばら》いをして、生唾を飲んだのを悟られないようにした。

「ところで、昼日中から楽しんでた男と女はどんなご面相なんだい？　歌麿というからには、たいした美男美女なんだろうな」

「そりゃあ、もう――」

　勝二はその夢を思い出し続けているのか、とろんとした表情をしている。

「畳の上に桃の花が一枝、投げ出してあったな。けど、本物の桃の花より、女の桃の方がずっと綺麗だったぜ」

「それでおまえさんは、その夢に取り憑かれちまったってわけか」

「夢なんだから、おかいを裏切ってるわけじゃあないけど、ますます、婿養子の身の冴《さ》えない暮らしが嫌になるんですよ。飛び出しちまいたいなんて思うこともあります」

「そうなりゃ、その夢は悪い夢だよ。だが、相手は夢だ、どうやって退治したものか――」

喜平はうーんと唸って腕組みをした。

「喜平さん」

季蔵は呼びかけた。

「喜平さんも、若い頃は、勝二さんみたいな夢を、ごらんになったことがおありでしょう？」

「もちろん。それと言っとくがわしは今でもその手の夢を見る。時々、こういう夢を見ると若返る。わしの場合は悪くないどころか、本当に極楽からの便りだよ」

「夢をごらんになる時、きっかけがあるのでは？ たとえば歩いていて、好みの人を見かけたとか、草紙の類をながめていて、美女や春画に見入ってしまったとか――」

「まあ、そんなところだ」

「それ、勝二さんの夢と同じようなものですか」

「いや、女を相手にしてるのは、いつも自分だよ、いくら男前でも、自分じゃない男なんて願い下げだ。そうでなきゃ、楽しくないじゃないか。夢は楽しむために見るもんだよ」

「勝二さん」

季蔵は相手の目を見た。

「すると、あなたの夢は少し、変わったものだということになりますね」

「女の相手が自分じゃない奴だとしたら、こりゃあ、辛い夢だよ」

喜平は労《いたわ》る口調である。

「どうして、そんな夢を見るのかというとな、これはわしの経験から言って、勝二、おまえさんは好いた女が、ほかの男に抱かれるところを見ちまったんだろ？　それでまどろっこしく夢に見続けて、気に病んでる。そうじゃないのかい？」

青ざめた勝二は黙って頷いた。

「まさか、それ、おかいさんのことじゃないでしょうね」

季蔵は気になった。

「いいや」

――よかった――

季蔵はほっと胸を撫で下ろした。

「桃の時季に通っていた大店で目にしたことだ。ご主人が外へ出ることが多い店で、とうとう、会うこともなかった。切り盛りしているお内儀さんが、作ってほしいと頼んできたのは、大きな長持ち五つだったんです。この仕事は去年も、一昨年も、親方に言わせれば、そのお内儀さんが嫁入ってからずっと続いているそうで。つまり、その家じゃ、毎年、長持ちを五つ、注文しなければならないほど、お内儀さんが衣装道楽をしているというわけですよ。去年、初めて、親方は俺をそこへ連れてってくれて、長持ち作りの手伝いをさせてくれたんだが、今年に限っては、俺一人をご指名でね」

「そりゃあ、腕を見込まれたわけじゃねえな」

喜平はあけすけに言った。

「親方もそんなことを言ってた。〝とかくの噂があるから、あのお内儀には気をつけろ、綺麗な花には毒がある〟って」

「おまえさん、そのお内儀に誘われたのかい？」

綺麗な花と聞いて、喜平は羨《うらや》ましい顔になった。

「ええ、まあ」

勝二は真っ赤になった。

「仕事場に始終来ては、あれこれ、声をかけてくれて。八ツ時（午後二時頃）には目を瞠りたくなるような、綺麗な菓子や抹茶を振る舞われたりしたんだ。去年、親方と一緒の時は煙草《タバコ》と花林糖だったが――。そんな菓子、食ったことがなかったので、もう、胸がどきどきした。そうこうしているうちに、今日で仕事は終わりという日、夕餉《ゆうげ》を食べて行けといわれたんだ。お内儀さんはそれはそれは美しい人で、そばに立っていられるだけで、脂《おし》粉《ろい》の匂いもかぐわしくて、頭がくらくらするほどだった」

「それで馳《ち》走《そう》になったのかい」

喜平の垂れた目が嫉妬《しっと》に燃えた。

「それが――」

「馳走になりそこねたんだな」

ほっとして、ざまあみろという喜平の顔である。

「奥の座敷に夕餉を用意させたからと、言われて行ってみたんですが、うっかり、部屋を間違えたらしくて――」

勝二は残念でならないという言葉を、かろうじて飲み込んだ。

五

「よかった、よかった、これでおまえさんが鬼より怖がってるおかいさんに、合わせる顔がなくならずに済んだ。神様は居たぜ。おい、助平野郎、目が覚めたか――」

喜平は自分のことを棚に上げて、愉快そうに笑った。

「夕餉も脂粉も逃したというわけだ」

――出入りの職人にそのような誘いをかける淫《みだ》らなお内儀がいるとは――

武家の家に育った季蔵には馴染みのない話であった。

「けど、そのお内儀の相手をしてたっていう、おまえさんの先を越した助平野郎は誰なんだい？」

「いい男でしたよ」

「そんなことはわかってるよ、店の者かい、それともまさか、客?――」

「女の客が多い店ですからね、男の客だったら目立って、奥へ入って、あんなことはできねえでしょう。あの時、出入りしていたのは俺だけですから、職人でもない。だとすると、残るは奉公人でしょうね、顔を合わしたことのない男でしたが」

「なるほど」

喜平は合点して、

「これでだいたい、どこの店のお内儀の話か見当がついたぜ」

「わかっちゃ、困ります。こんな話を人に話してるなんて親方に知れたら、〝お客様の家のことを、女みてえにぺらぺらしゃべるな〟って、叱り飛ばされちまう」

勝二はまた青ざめたが、喜平は気にせず、

「念のため訊いとくが、奉公人たちが、主は童顔に似合わぬ遣り手だって、噂してなかったかい」

勝二は押し切られて頷いた。

「大丈夫だよ。柳橋《やなぎばし》にある大店の菓子屋嘉月屋のお内儀お市が、観音小町の美貌《びぼう》を持て余して、贅沢《ぜいたく》放題、とうとう役者狂いをはじめ、そのうち、男狂いは見境もなくなるだろうってえ噂を、知らない奴はいないんだから」

喜平はしたり顔で言った。

「嘉月屋さんのお内儀さんが――」

豪助から同じような話を聞いたばかりの季蔵は、

――嘉助さんの耳にはまだ入っていないのだろうか――

と気になった。

「実は俺、ここんとこ、嘉月屋のお内儀さんの夢ばかり見て、仕事が手に付かないんだ。嘉月屋のことを話したことがばれなくても、親方には叱られっぱなしなんですよ。もしかもしかして、これが本物の恋ってもんで、おかいとのことは行きがかりだったんじゃねえかと――。そんなら、いっそ、何もかも捨てて、本物の恋に身を焼いてみてもいいかと思うこともあって――」

勝二は思い詰めていた。

「おまえさん、飢えた野良犬みてえに、嘉月屋の周囲をうろうろしちまうことがあるだろ」

勝二は頷いた。

「仕事はもう終わったってえのにね、情けねえこってす」

「だからって、それが本物の恋とは限らねえぞ」

「でも――」

勝二は顔を赤らめた。

「夢を見ていねえ時でも、お内儀さんの様子が目の前にちらついて――」

「おおかた桃の乳がちらつくんだろ」

「ええ、まあ」

勝二はますます赤くなった。

「おまえさん、吉原、岡場所《おかばしょ》とかで、女遊びをしたことがないだろう。おかいさんは初めての女か？」

「はい」

勝二は恥じ入ったように下を向いた。

「遊ぶ暇もなく生娘のおかいさんにつかまって、婿養子にされちまったんだな」

「そんなところです」

「だったら、心配ないよ。おまえさんが、濡れ場の夢に取り憑かれたのは、普通の男だってえ証なんだから。男ってえのは、たとえ、女房子どもが居ても、桃乳の夢は見たいもんなんだよ。けど、これは本当の恋なんかじゃない。嘉月屋のお内儀じゃなくてもかまわない。桃みたいな乳の持ち主なら誰でもいいんだ。色気のある綺麗な女を抱きたいってぇのは、男の性《さが》みてえなもんだよ。仲良く一生つきあって行くほかはないが、女房子どもを捨てるだの、家を出るだのと、がたがた騒ぐほどのことはないんだよ。だから、桃乳の夢を見たら、〝命の洗濯をした〟ぐらいに有り難く思って、神棚にそっと手を合わせりゃ、それでいいんだ」

「ほんとにそうなんですか」

勝二は恐る恐る訊いた。

「それじゃ訊くが、おまえさん、嘉月屋のお内儀さんについて、これだけは忘れられないってものはあるかい？」

「いくらでもある。観音様のようなあの白く整った顔と、すっきりした柳腰、柔らかくて物憂げな声、そして何ともいえない匂い——」

「全部、その場限りのことだな。じゃあ、次に訊くが、おまえさんが忘れられないお内儀さんの言葉は？」

「それは——」

しばらく勝二は額に脂汗を滲《にじ》ませて思い出そうとしていた。

「仕事で嘉月屋に通ってた、短い間のことだから——」

勝二が何も答えられずにいると、喜平は奥の手を出してきた。

「おかいさんとはどうだい？　馴《な》れ初めから婿になるまでの間のことだよ」

「おかいとはそりゃあ、いろいろ——、忘れられない言葉も、思い出もあんまり多すぎて数えきれねえ。親方が許してくれなきゃ、二人で駆け落ちしようなんていう話をしたこともある」

「それ、それだよ。それが本物の恋だ。本物の恋ってえのはな、思い出に残るもんなんだ」

——さすが色事に通じた喜平さんだ、うがったことをおっしゃる——

季蔵はひたすら、感心して聞いていた。

「わかりましたよ、ご隠居」

いつしか、勝二の顔から曇りが払われていた。

「俺、勘違いで取り憑かれてたんですね」

「よかった、そうとわかりゃ、今日は早く帰った方がいいが、その前に一杯だけ行こう」

そう言って、喜平は、

「季蔵さん、さっきから勝二の食べてる白瓜が気になってるんだ。螺旋に切って陰干しにした胡麻味噌のとは、ちょいと違うじゃないか。そいつをわしにも食べさせてくれないか」

と舌なめずりした。

「干さない白瓜を煎り酒で和えただけのものですよ」

苦笑する季蔵に、

「でも、俺のためだけに作ってくれたんだ」

勝二は自慢げに言い、

「わしはこれでも、今日は勝二を助けたつもりだぞ」

「わかってますよ。だから、俺の口から言いたいんです。季蔵さん、御礼の代わりにこれ、ご隠居にも拵えてください」

「わかりました」

季蔵は早速、笊《ざる》の中の白瓜を取り上げた。

嘉月屋の主嘉助が塩梅屋を訪れたのは、それから五日ほど過ぎた昼下がりであった。この時も季蔵は離れに居て、長次郎の日記を開いていた。

〝早水無月〟

やはりこれが気になってならない。

嘉助の来訪を伝えにきたおき玖は、

「大変、大変」

慌ただしく離れの戸を開けて、

「嘉月屋さん、〝早水無月〟を拵えておいでになったのよ」

と言った。

――たしかに、それは大変だ――

すぐに季蔵は腰を上げて、店へと向かった。

床几に腰を下ろしている嘉助は、出された茶にも手を付けず、興奮の面持ちで季蔵を迎えた。頬は紅潮し、目はきらきらと輝いている。相変わらず少年の面差しであった。

――しかし、この人にも苦労はあるのだ――

季蔵は一瞬、奉公人と不義を働いていたというお内儀お市の話を思い出したが、嘉助の目の輝きは衰えず、

「とうとう、〝水無月〟を探し当てて、作ってみることができました」

膝《ひざ》の上に抱えていた重箱の包みを開き始めた。

「季蔵さんは先代の日記に拘《こだわ》っておいでだったでしょう。それでわたしも、嘉月屋代々の覚え書きを、夜遅くまで蔵に籠《こ》もって、復習《さら》ってみたのですよ。聞き覚えのあった〝水無月〟は、初代の覚え書きに作り方が書かれていました。嘉祥御祝儀の菓子、寄水やあこや同様、京から伝わったもののようです」

「やはり、菓子だったのですね」

「そうです、ほれ、このように」

嘉助は重箱の蓋《ふた》を開けた。

中には、外郎《ういろう》の上に甘く煮た小豆《あずき》を敷き詰めた三角形の菓子が並んでいる。

「これが〝水無月〟ですよ」

「〝水無月〟ですか——」

〝霜紅梅《しもこうばい》〟や〝菊の下水《したみず》〟など、季節にちなんだ和菓子は、たいていどれもが、その名の通り、梅や菊を表していて、美しく華やかだったが、白い外郎の上に臙脂《えんじ》の小豆が載っているだけの〝水無月〟に、これといった風情は感じられない。どこがいったい、〝水無月〟なのかと問いたくなる。

「どうやらこの菓子は、千年の昔から続く、夏越《なごし》の祓《はらえ》のためのものだったようです」

六

「六月晦日《みそか》に行われる夏越の祓は知っていますが、神社で茅《ち》の輪をくぐったり、白紙を割り箸に挟んで水辺に捧《ささ》げて御幣としたり、川に人形《ひとがた》や麻の葉を流すなどするのが普通ですよ。暑さ厳しき折、疫病流行や水害の災厄を祓うものでしょう？　〃水無月〃などという菓子を食べる風習など聞いたことがありません」

季蔵は訝《いぶか》しんだ。

「誰もがこぞって〃水無月〃を食べるのは、どうやら京だけに限ったもののようです。初代嘉月屋嘉右衛門《かえもん》は京から江戸に下ってきた菓子屋です。この先祖の書き残した日記には、夏越の祓は京では水無月祓とも言われていること、〃水無月〃の小豆の赤い色が厄を祓うとされ、三角の形は氷を模ったもののらしいと書かれていました」

六月一日は氷の節句、氷室《ひむろ》開きと言われ、大名家が将軍家や朝廷に、貴重な夏の氷を献上することになっている。

「すると〃水無月〃は厄払いの菓子であるばかりではなく、高貴なものでもあるのですね」

「少なくとも初代はそう考えたようです。そして、何とか、この菓子を江戸でも流行《はや》らせようとしました。端午の節句のちまきのように、氷節句から夏越の祓までの一月、誰もが〃水無月〃をもとめて、嘉月屋に押しかけるようにと願ったのです」

「初代は試作していますが、主のわたしさえ、このたび知ったばかりです」

「先ほど、作り方が書かれているとおっしゃいましたね」

「初代は試作しています。でも、今では〝水無月〟を知る店の者はおりません。主のわたしさえ、このたび知ったばかりです」

「江戸の人たちの好みに合わなかったのですね」

「そうなのでしょう。それでも、代々の日記を読み続けてわかったことなのですが、三代目の頃までは、京のしきたりを重んじ、夏越しの祓の六月晦日には必ず、店には出さない、賄い菓子として作り、奉公人たちに振る舞っていたようです」

「それも四代目からは、止《や》めになってしまっていたというわけですか」

「江戸で手軽に食べられる大福や金鍔《きんつば》は、餅の柔らかさ、焼いた皮の香ばしさ、何より餡の甘さに、たいした醍醐味《だいごみ》がありますからね。〝水無月〟となると――」

嘉助は片袖《そで》から懐紙を出すと、重箱の中の〝水無月〟を一切れ手に取って、懐紙の上に載せ、うやうやしく季蔵に差し出した。

「どうぞ、召し上がってみてください」

「それでは――」

季蔵は一口食べて、

「小豆の風味と外郎の食感が相俟《あいま》ってなかなかです。奥の深い、上品で雅《みやび》やかな菓子ですね」

「けれど、小豆、外郎、どちらも甘みが薄く、江戸っ子には物足りなかったのだと思います。それに、これだけ、極力甘みを抑えた菓子となると、最高の小豆を使い、外郎を作る餅米も同じように選《え》りすぐったものでなければならないと、初代嘉右衞門は考えたようです。初代が京に居た頃、食べて美味しいと感じた〝水無月〟を再現してみたのでしょうが、素材に金がかかるので、売値が高く、今一つ人気が上がらず売れない、それで、〝水無月〟を店に並べることを断念したのだと思います」

「生まれ育った土地の馴染みの菓子だっただけに、初代嘉右衞門さんは、さぞかし、無念だったでしょうね」

頷いた嘉助は、

「しかし、菓子で商い、暮らしをたてるのが菓子屋、趣味で売れない菓子を店に並べるわけにはいきませんよ」

嘉助はきっぱりと言い切った。

「ですから、わたしも初代の日記の通り、〝水無月〟を作ってはみたものの、出来上がった味をみて、これは売り物にならないと諦《あきら》めました。ここへお持ちしたのは、季蔵さんが〝早水無月〟のことを、たいそうお気にかけていらしたからです。それと、〝水無月〟を愛《め》でて、望郷の念にかられていたに違いない、遠い先祖のことが想われてならず、わたしのそんな感傷じみた話も聞いてほしかったのです。初代は、京で一、二を争う菓子屋の職人だったとはいえ、この江戸の地で嘉月屋を開いた時は、京の菓子の味が江戸に合わずに人気が出ず、いっそ、恥を忍んで舞い戻ろうかと思ったこともあり、よくよく苦労したと聞いておりましたから。江戸っ子の舌に合わなかったのは、この〝水無月〟だけではなかったようです」

「ところで、〝早水無月〟なのですが、〝水無月〟に先がけて作られる、同じものと考えてよいのでしょうか」

——とっつあんは、五月に上方へ行った折、〝早水無月〟を食べて気に入ったのかもしれない——

「それはわかりません。初代の日記に〝早水無月〟という菓子の名は出てきませんから」

「そうでしたか」

季蔵はがっかりした。

「ただし、〝早水無月〟と〝水無月〟に、何らかの関わりがあることだけはたしかですよ。いかがです？　うちの蔵においでになってみては——。菓子本のほかに、さまざまな料理本がございます。それらをご覧になったら、〝早水無月〟がどういうものか、案外、わかるかもしれません」

「それは是非」

季蔵は是が非でも〝早水無月〟の正体が知りたかった。

——〝早水無月〟を知れば、それを作ったか、作ろうとしていたとっつあんの心が知れる——

翌日、季蔵は炊きたての飯と煎り酒をかけた納豆の朝餉《あさげ》を済ませると、すぐに、柳橋にある嘉月屋へと向かった。日本橋を渡り、神田川へ向かって数町歩き、東へ曲がる。本町通りの両側には、大店、老舗が軒を連ねている。季蔵はじんわりと汗をかきながら、日本橋の大通りを歩いていく。ようやく涼しい川風が吹いてきた。大川の船着き場には夕涼みの屋形船が何隻か舫《もや》ってある。

古めかしい看板に〝元禄嘉月屋〟と書かれている嘉月屋は、大きな構えのどっしりとした菓子屋であった。

――嘉月屋の正しい名は前に元禄という創業の年号が付くのだな。さすが老舗だ――

幾らか気押されるのを感じた季蔵が、店の暖簾の前で足を止めていると、

「塩梅屋さんでは？」

店から出てきた初老の男が声をかけてきた。

「大番頭の……信兵衛《しんべえ》……と申します」

信兵衛の鬢《びん》には白いものがちらついている。信兵衛の顔は血の気がなく、つい、言い淀《よど》んでしまうのは、ぶるぶる震えている唇のせいだった。

「わざわざおいでいただきましたが、今日のところはお引き取りを――」

「嘉助さん、いや、ご主人に何か？」

季蔵は胸騒ぎがした。

「急なご病気ですか」

すると、暖簾を潜《くぐ》り抜けて、

「いや、そうではありませんよ」

　嘉助が出てきた。

　嘉助の顔も信兵衛同様青い。声も震えている。

「信兵衛、ここはもういいから」

「でも、旦那様――」

「いいと言っているのだ。おいでになった季蔵さんとは関わりのないことなのだから、蔵にお通しするように――」

「そうは申されても、旦那様、書物のある蔵には浩太《こうた》があのような姿で――」

「かまわない、浩太のことはわたしから、季蔵さんに話す。そうだ、わたしが季蔵さんを蔵へご案内しよう、わたしも今日は季蔵さんと一緒に蔵にいる。その方がいい、季蔵さんは信頼できる人だし、信兵衛、安心しなさい」

　嘉助は先に立って、裏庭へと歩き始めた。――〃その方がいい〃――とはいったい、どういう意味だろうか――

　季蔵は不審に思いながら嘉助の後を追った。茂っている紫陽花《あじさい》の花の前で立ち止まった嘉助は、声を潜めて、

「実は先ほど、そろそろあなたがおいでになるかと、書物のある蔵へまいったのです。すると、そこには、用を言いつけていた手代が死んでいました」

と言った。

「先ほど、大番頭さんがあのような姿と言っていた、浩太さんという方のことですね」

季蔵は緊張の面持ちで念を押した。

「亡くなられた理由はご病気ですか」

「いいえ」

嘉助は声を低くした。

「死んでいた浩太は、口から血を流していました。ですから、たぶん、自分で毒を呷って死んだのだと思います」

「番屋へは届けましたか？」

「まだです。生前、父の口癖がこうでした。〝菓子とは口の中で奏でられる美しい夢の音色、ゆえに、菓子屋の禁忌は数あれど、決して犯してならぬは、刃傷沙汰《にんじょうざた》、殺傷事、死《し》人《びと》〟。弔いは死人と関わるということで、遺言で父の葬儀は行わず、誰にも告げずに菩提《ぼだい》寺《じ》へ運びました。病死による葬儀はそれでもいいのでしょうが、奉公人の毒死となると、いずれは番屋に届け出なければなりません。あの世に居る父の想いもありましょうから、店が終わってから、わたしがこっそり番屋へ出向こうと思っております」

「浩太さんが死のうと思い詰めた理由に心当たりは？」

「ありません」

嘉助はきっぱりと言い切った。

「ところで、浩太さんは書物が好きだったのですか？」

「浩太には今日の朝早くから、妻のお市が命じて、書物の整理をさせていたとのことでした。お市にはわたしから、あなたがおいでになることを伝え、あれこれ本を出して、埃《ほこり》を払っておくよう頼んでおいたのです。お市はそれを浩太に指図したのでしょう」

七

二人は蔵の中へと入った。

昼間だというのに蔵の中は暗く、火皿が絶やされずに光を放っている。

浩太は座ったまま、前のめりに倒れている。うつぶせの顔の口からはたしかに血が流れていた。生きていれば、細身の身体《からだ》つきはしなやかそうで、見えている顔は鼻筋が通った細面でなかなかの男前である。

お市が居た。

「旦那様」

弱々しい声で嘉助を呼んだ。

お市は腰を抜かしている様子で、蔵の壁に身体をもたせかけている。その顔は蒼白《そうはく》だったが、目鼻立ちの整った美しさはほかに類がない程で、なぜか、不思議に艶《なま》めかしくもあり、

――絵に描かれることの多い、女の幽霊というのが本当に居るのならば、きっと、このようであるだろう――

思わず季蔵は見惚《みと》れた。

――観音小町ともなると、この世のものとは思えぬ美しさだ。先代が菓子屋の〝華〟と見込んだだけのことはある――

「おまえ、どうして、こんなところにいるのだ？」

嘉助は驚いてお市を見た。

「うっかり、誰かが入ってきて、骸《むくろ》が見つかってはいけないと見張っていたのです。お義《と》父様《うさま》の遺言は身に沁《し》みておりましたから、嘉月屋のため、誰にもこのような姿を見せてはいけないと思い詰めました。それで、ここへ――。でも、あたし、死んでいる浩太を見たら、もう、恐ろしくて、恐ろしくて、こうしているのが精一杯で――」

「そうだったのか」

嘉助は痛ましそうにお市に頷いた。

「ありがとう」

――世間が何を言おうと、嘉助さんはお内儀さんを大事に想って信じているのだな――

「だが、わたしたちがここに来たのだから、もう、おまえはこんなところにいなくてもいい。早く、この蔵から出て自分の部屋に戻って、休んでいなさい」

「はい」

従おうとしたお市だったが、立ち上がろうとしても、まだ、足が立たなかった。

「もう少しこのままで。こうして、旦那様の顔を見ているうちに、立って歩けるようになると思います」

お市は蔵の入口の方を見た。

「信兵衛を呼んで、助けになってもらおうか」

嘉助の言葉にお市は耳を貸さず、

「そんなことをしたら、何事かと、皆が騒いで大変なことになります。大丈夫、そのうち治りますから」

そう言って、お市は季蔵に微笑した。

「こんなところで大変、失礼ではございますが、嘉月屋嘉助の妻お市でございます」

型通りの挨拶をした季蔵は、

──たしかにこの人に話しかけられると、心が落ち着かなくなる──

勝二の気持ちがわかるような気がする一方、死んでいる浩太の様子が気にかかって、入念に骸をながめてみた。

「毒を呷ったのは間違いないのでしょうが、毒の包みの紙が見当たりませんね」

季蔵は骸を裏返して探したが、毒を包んでいた紙は出てこなかった。

「毒はたいてい粉か粒ですからね、包みは必要です」

次に季蔵が浩太の袖の中を調べた。右袖からは小判十両、左袖からは足袋が出てきた。

これを見た嘉助は、

「浩太が死んだのはこれのためだったのか」

悲しそうにため息をついた。

「昨日の夜、信兵衛が帳場から十両無くなっているとわたしに告げに来た。わたしは数え間違いではないかと答えておいたが――。まさか、浩太がその十両を盗んでいたとは――。きっと、どうしても入り用で、つい、店の金に手を出してしまい、後で悔いてこんなことを――。こんなことをするくらいなら、主のわたしに言ってくれれば、何とでも都合してやったものを――」

嘉助は両手で頭を抱えて、

「わたしはただ商いを広げることばかり考えていて、奉公人のことは、長くから居る信兵衛任せだった。浩太を死なせたのはわたしだ、これはわたしの責任だ」

と呻《うめ》くように言った。

季蔵は浩太の骸の近くに放《ほう》り出されている書物に目をやった。表紙には、

〝蒟蒻《こんにやく》百珍〟

と書かれている。

季蔵は〝蒟蒻百珍〟を手に取って、ぱらぱらとめくった。

「これはあなたが出しておくように、と言った本ですか？」

「ええ、そうです。前に菜と菓子は親戚《しんせき》のことがあると、申し上げたことがあるでしょう？ それで、素材から考えてみて、外郎に近いものは何だろうということになり、蒟蒻ではないかと思いついた次第です。〝早水無月〟は、菓子の〝水無月〟が菜になったもの

なのかもしれない。それで、とりあえず、何冊もあって、時代によって中身の異なる、〃蒟蒻百珍〃の埃を払わせるよう、お市を通して浩太に指図したのです。これはたぶん、その中の一冊です」

「あなたはたしかに埃を払うように、とだけ言ったのですか?」

「ええ」

何が言いたいのかという目で嘉助は季蔵を見た。

「どうやら、浩太さんは埃を払っていたのではないようですよ」

季蔵は〃蒟蒻百珍〃のめくった丁を嘉助の目の前に突きだした。そこには吐いた血の痕《あと》があった。

「これは――」

嘉助は絶句した。

「浩太の血では?」

「そうです」

「しかし、どうして、こんなところに浩太の血が――」

「浩太さんがこの本を読んでいて、亡くなった証です」

「ということは、毒はまさか誰かに――」

「そのまさかです。毒はこの本の丁、一丁、一丁に丹念に塗られていたのだと思います。下手人は浩太さんが帳簿などをめくる時、必ず、指で舌を舐《な》めて湿らせることを知っていたのです。毒の包みが見当たらなかったのは、浩太さんが自害したのではないからですよ」

「だが、浩太の袖には盗んだ十両が――」

嘉助は首をかしげた。

「その理由はここにいるお内儀さんがご存じのはずです」

季蔵はお市の白い顔に目を向けた。

「その前に、どうして、浩太さんが足袋をもう一方の袖に入れていたかも、お内儀さんならよくご存じのはずです」

「そんなこと――」

お市は挑むような目で季蔵を見た。険のある表情であってもなお、お市は美しかった。

「あたしが知るわけありませんよ」

「それでは、どうして、あなたは、ここにおいでだったんです？　そして、わたしたちが来ても、なお、居座ろうとしたんです？　その理由ならわかっています。あなたがここへかけつけたのは、毒で殺した浩太さんに、自害しなければならない理由をこじつけるためです。そのため、あなたは前もって、十両、帳場から持ち去っておいたのです。そして、浩太さんが死んでいると皆が騒ぎはじめると、すぐに、かけつけて十両を袖に入れ、あたかも、浩太さんが盗んだように見せかけたのです。ここへ居座っていたのは、わたしたちがあなたの落ち度を見つけたら困ると、冷や冷やしていたからに違いありません」

「どこに証があるっていうんです?」

お市はせせら笑った。しかし、それでも、なお、氷のように冷たくはあったが眩《まばゆ》い美しさである。

「証ならわたしです」

背後で声がした。大番頭の信兵衛である。

「立ち聞きするつもりはございませんでしたが、あまりのことに驚いて声も出ず、残らずお話をお聞きしてしまいました。わたしはお内儀さんが帳場においでのところを見たのです。十両はお内儀さんがいなくなった後、無くなっていましたが、まさか、お内儀さんがなさったことだとは思いませんでした。日頃からお内儀さんは、どんなお買い物でもご自由になさっている上に、お小遣いもたんとお持ちになっておられるからです。そんな方が帳場の金を取っていくなんて考えられません。けれども、お話を聞かせていただいた今となっては——」

信兵衛も青ざめきっている。

「それにたしかに、浩太には指を唾で濡らして紙をめくる癖がありました」

「お市」

嘉助は泣くような声を出した。

「お願いだ、身に覚《あや》えのないことだと言っておくれ。それに何より、わたしにはどうして、おまえが浩太を殺めなければならなかったのか、まるでわからない。わたしはおまえにぞっこんだったから、何でも好きにさせてきたじゃないか」

「まるでわからない、何でも好きにさせてきたって?」

お市の声音ががらりと変わった。もはやか細い作り声ではなく、腹の奥底から出てきているドスの利いた声である。

「そんなことだから、女房が間男を作るんだよ」

それでもまだ、お市は芳《かんば》しい大輪の百合《ゆり》を思わせる、楚々《そそ》としつつ艶《あで》やかな顔をしている。

「季蔵さん」

そのお市は季蔵を見据えて、

「お察しの通り、あたしはこの浩太を殺して、十両を袖に入れて浩太が盗み、それを苦にして毒を飲んだように見せかけましたのさ。浩太は人前では大人しい優男だったから、皆、なるほどそうだったのかと思うに違いないってね——。でも、この男、優男だけに妙に一本気でね、ほかの男に色目を使うな、なんのって、旦那様よりうるさいことを言うし、ほとほと嫌気が差し始めていた頃、とうとう、一緒に逃げようなんて言いだす始末。嫌だと断ると、一緒に逃げてくれないのなら、旦那様に何もかも話すなんて脅してきたんですよ。浩太は店を追い出されるだけですむけど、あたしは失うものが大きすぎますからね。嘘《うそ》だと人は言うかもしれないけど、あたしはあたしなりに、旦那様を想ってましたから——。火遊びをしていたのは、忙しい旦那様がかまってくれないからの、ただの腹いせだったんです。あたしは好きになんてさせてくれなくていいから、いつも、そばに居てほしかったんですよ。でも、気がつくと、浩太に深入りしすぎてて、あたし、追い詰められて——。それで何とかしようとしたのが、これだったんですよ」

ほほほと笑った。そして、

「季蔵さん、それにしても、よく、あたしの企《たくら》みを見破ってくださいました。たいしたものだと感心しましたよ」

と言い、袖から赤い包みを取り出すと、

「あんたの探してた包みはここですよ」

開いてぱっと呻った。

「お市」

駆け寄った嘉助にお市は、

「これで、あたし、せめて、お義父さんのお眼鏡に適《かな》った嫁ということで死ねますね」

最後の言葉を残した。

嘉月屋の蔵で死んだ二人、お市と浩太は共に汲《く》み置いた水に当たったゆえと番屋に届けられた。

嘉月屋の流儀に添って二人の葬儀は行われなかった。お市の骸は、嘉月屋の菩提寺である浅草心念寺に運ばれて、先代の隣りの墓に弔われた。浩太の方は身内が引き取りに訪れるのを待たず、在所の千住《せんじゅ》まで嘉助が手配した大八車で運ばれて行った。相変わらず、嘉助は仕事熱心で江戸市中を飛び回っているが、毎日、必ず、菩提寺に立ち寄り、お市の墓前に手を合わせているという。

季蔵からこの話を聞いたおき玖は、

「男と女って、たとえ想い合ってても、想いがすれちがっていると駄目なのね――」

深いため息をついた。

季蔵は毒に触れないよう、指を紙で巻いて、嘉月屋の〝蒟蒻百珍〟を読み込み、やっと、〝早水無月〟が何であるか、知ることができた。

〝早水無月〟とは、三角に切った蒟蒻の上に、煮て砂糖をまぶした小豆を載せただけのものであった。

季蔵が早速、作ってはみたものの、

「結局、〝早水無月〟ってこんなもんだったのかい」

〝早水無月〟について聞いた豪助は、一口食べて顔をしかめた。

「蒟蒻の匂いと小豆は合わねえ。それに何より、小豆は後で砂糖をまぶすより、甘く煮た方が美味いぜ」

その通りで、どうして、あの食通だった長次郎がこんな妙なものを作ろうとしたのか、また、作ったのか、見当がつかなかった。

「まあ、とっつあんも人の子だからさ」

豪助は片目をつぶって小指を立てて見せた。

「すれちがって岡惚《おかぼ》れした女のためにでも、ひょいと作ってみたくなったのかもしれねえぞ。女は甘いものが好きだからな」

そうかもしれないと季蔵は思い、〝早水無月〟を一口、二口と続けて食べてみた。不思議にその味は、嚙《か》めば、嚙むほど甘かった。

第三話　鯛供養

一

　仕入れも仕込みもまだの朝のうち、季蔵《としぞう》は離れに居た。連日、厳しい暑さである。往来から、時折、

「しゃっこーい、しゃっこい。しゃっこーい、しゃっこい」

　水売りの声が聞こえてくる。

　もっとも、季蔵の居る離れの座敷はひんやりしていて、そうは暑くない。裏庭からすーっと心地よい涼風が通る。

　季蔵は目を閉じて長次郎《ちょうじろう》の仏壇に手を合わせている。心の中で亡き長次郎に話しかけてみた。

　――この前は勘定方の侍、今度は菓子屋の手代、共に自害を装わされて殺されました。とっつあん、これは偶然なのでしょうか――

　もちろん、答えなど返ってくるはずもなかったが、

——浪人木崎吉五郎《きざききちごろう》は、いったい、誰に頼まれて、一本松《いっぽんまつ》藩勘定方の松木義之助《まつきぎのすけ》を殺したのだろうか。また、浩太《こうた》殺しの手口にしても、嘉月屋《かげつや》のお内儀《かみ》お市《いち》一人が考えついたにしては、何とも巧妙すぎる——

もやもやと胸に溜《た》まっていた疑念が言葉になった。

「季蔵さん」

おき玖《く》が板戸を開けた。

「南茅場《みなみかやば》町から使いの人が来て、これを」

おき玖から受け取った文には、

〝今宵《こよい》参上、所望は杉やき鯛　烏谷《からすだに》〟

と書かれていた。

烏谷とは北町奉行烏谷椋十郎《りょうじゅうろう》のことで、長次郎が隠れ者として仕え、今は季蔵が長次郎のお役目を継いでいた。南茅場町には烏谷が馴染《なじ》んでいる長唄《ながうた》の師匠、お涼《りょう》の家がある。この家には、季蔵の想《おも》い人瑠璃《るり》が世話になっている。瑠璃は病んだ心が癒されぬまま、お涼の家の二階で病臥《びょうが》していた。

季蔵はその瑠璃の元に五日に一度は通っている。お涼を訪ねる烏谷と鉢合わせすることが多いのだが、このところ、烏谷は忙しいのだろう、季蔵はここ一月ほど烏谷に会っていなかった。

——ちょうどいい——

季蔵は心の中で手を打った。

——偶然が過ぎることを、御奉行に話してみよう。江戸市中の隅から隅までをよくご存じのあの方なら、きっと、何か知っておられるかもしれない——

「さて、それでは、杉やき鯛の仕込みをしなければ——」

季蔵が立ち上がろうとすると、

「ちょっといいかしら」

おき玖が止めた。

「お嬢さん、何か——」

おき玖は思い詰めたような、うれしいような不思議な表情をしている。

「話しておきたいことがあるの」

そう言って、おき玖はぽっと頬《ほお》を染めた。

「ここ、おとっつあんの前で話した方がいいと思うし——」

「わかりました」

季蔵は座り直した。

「料理を作る季蔵さんの代わりはいないけど、料理やお酒を運ぶだけのあたしの代わりなら幾らでも居るわよね」

おき玖は話し始めた。

「お嬢さんはうちの看板娘ですよ」

季蔵は眉《まゆ》を寄せた。

――お嬢さんはいったい、何を言いだすのだろう――

「そうは言っても、女は年を取るんですもの、いつまでも、看板娘でございとは言ってられないわよ」

「お嬢さん、何かほかにやりたいことがあって、店に出て働くのを止《や》めたいんですね」

季蔵にはそうとしか思えなかった。

「三味線ですか、お琴ですか」

幼い時から、おき玖は芸事が好きで才があるのだと、季蔵は長次郎から聞いて知っていた。今でも、日を決めて習いに出かけている。

「たしかに芸事は奥が深くて、極めるとなると、看板娘の片手間では出来ないでしょうね」

――いつまでも看板娘を続けられないというのは、たしかにお嬢さんの言う通りだ。お嬢さんは先々のことを考えて、芸事で身を立てられるようになりたいのかもしれない――

「実はあたし、お嫁に行くかもしれなくなったの」

おき玖は真っ赤になった顔を見られないように下を向いた。

「お嫁に？」

呆然《ぼうぜん》として、思わず問い返した季蔵に、

「いやあね、季蔵さん、あたしみたいな跳ねっ返りは嫁の貰《もら》い手がないとでも言うの？」

おき玖は赤い顔を上げて、軽く季蔵を睨《にら》んだ。

「そうじゃあ、ありません。ですが、あんまり急なお話なものですから。お相手はいったいどなたなのです?」

「季蔵さん、貴残屋《きざんや》という名の献残屋《けんざんや》を知っているかしら?」

献残屋とは不要な献上物を買い取って、再び市場へ流出させる商いである。太刀に始まり、昆布、干魚、胡桃《くるみ》、葛粉《くずこ》、熨斗鮑《のしあわび》など日持ちのする食料品等まで、献残屋によって取引されていた。

「駿河《するが》町の貴残屋さんは、開業してから三年足らずの新興の献残屋さんです。新興ながら、たいそう売り上げを伸ばし、飛ぶ鳥を落とす勢いの献残屋さんだと聞きました」

「貴残屋さんのご主人のことは何か知ってる?」

「主《あるじ》の意向で、ほかとは段違いに買い値を高くしてくれて、売値も安いので、売る方も買う方も多いに助かるという話は耳にしました。そのせいで、誰もが貴残屋さんに献上品を売りたがるようです。薄利多売、主はきっとなかなかの商い上手なのでしょう」

「この間、筍掘《たけのこほ》りの時、あたし、雛次《ひなじ》さんの話をしたでしょう?」

「聞きました」

「貴残屋さんのご主人っていうのはね、あの雛次さんだったのよ」

おき玖は目をきらきらと輝かせた。

「知り合いの暑気見舞に吉野葛を一箱贈ろうと思って、通旅籠《とおりはたご》町にある老舗《しにせ》の葛屋広久《ひろきゅう》に立ち寄った時、店の中に雛次さんが居たのよ。雛次さん、広久のご主人と商いの話をしていたところだったの」

「この世には、予期せぬ出会いって、あるものなのですね」

――雪見舟でのわたしと瑠璃の出会いもそうだった――

「雛次さん、今は清三良《せいざぶろう》と名を変えててね、そりゃあ、立派になってたのよ」

「せいざぶろう、清い三郎と書くんですか？」

「いいえ、清い、三の優良可の良よ。それで清三良、雛次というのよりも、男らしくてよい名でしょう」

「そうですね」

季蔵は微笑《ほほえ》んだ。

――お嬢さんはもう清三良さんに夢中だ――

「あたしも清三良さんも一目で相手が誰だかわかって、広久を出るとお団子屋で話をして、清三良さんたら、どうしても、自分の店を見せたいからって、駿河町にある貴残屋に連れて行ってくれたの。表通りにあって、間口の広い、それはそれは立派なお店《たな》だったわ。奉公人たちもきちんとしていて――。あたしたち、その店の離れで話の続きをしたの。筍掘りの話になった時、清三良さん、突然、お嫁さんになって欲しいって、あたしに言ったのよ」

そこでおき玖は両手を胸の上で組み合わせた。

その仕種《しぐさ》は幸せが逃げていかないよう、清三良の求婚の言葉を抱きとめているかのように見えた。

「清三良さん、おっかさんが亡くなってから苦労したのよ。それこそ、地を這《は》うように生きてきたって言ってたわ。挫《くじ》けそうになったことも何度かあったけど、そのたびに、楽しかったあたしとの筍掘りを思い出して、自分を励ましてたんですって。あたしと別れなければならなかった時からずっと、あたしのこと、想ってくれてたのね。それで、仕事さえ上手《うま》く行ったら、必ず、あたしを迎えに行って、嫁にしようって決めてたそうなの」

「お嬢さん、それは何よりですよ」

季蔵は感無量であった。

――結ばれる恋の話とは、聞いていて何と、心地よいことか――

「わかりました。お嬢さんが嫁がれるのを邪魔はいたしません。塩梅屋《あんばいや》は看板娘無しで、わたしと三吉《さんきち》と二人で頑張りますから、どうか、お嬢さんは心おきなく、清三良さんの元へいらしてください」

季蔵は心がほのぼのと温かくなるのを感じた。

「ありがとう、あたしって、幸せ者だわ」

おき玖はさらにまた、組み合わせた胸の両手に力をこめた後、

「これから祝言まで、これが最後になると心得て、塩梅屋を手伝うわ」

目を閉じ、仏壇の長次郎にその手を合わせた。

――おとっつあん、あたし、これでやっと季蔵さんへの想いを断ち切ることができる。許婚《いいなずけ》だった瑠璃さんを今でも想い続けている季蔵さんは、あたしの方なんか向いちゃくれない、それなら、想ってくれる清三良さんに添うのが女の幸せ、そうよね、おとっつあん――

季蔵と一緒に店に戻ったおき玖は、

「烏谷様の鯛の杉板はあたしが用意するわ」

早速、両袖《そで》を襷懸《たすきが》けにすると、離れに戻って、納戸から杉板を探し出してきた。

「やれやれ、よかった、一枚残っていたわ」

杉板は、七輪の口よりも、やや大きな長四角で、杉やき鯛のためだけに用意されているものであった。前もって、もとめた杉を切りそろえておく手間がいる。一枚しか残っていなかったのは、この料理が供されることの多いのは秋、神無月の恵比須《えびす》講《こう》の時分だからであった。ちなみに、直接、七輪の火にかけられる杉板が繰り返し使われることはない。

烏谷が所望した杉やき鯛は、三枚に下ろした鯛をさくにとって、皮付きのまま薄切りにし、七輪にかけた杉板の上でさっとあぶり、わさび醬油《じょうゆ》、または煎《い》り酒を垂らした大根おろしで食べる。

いとも簡単な料理のようではあるが、長次郎が教えてくれた秘訣《ひけつ》があって、これを外すと、杉の香がほどよく移った杉やき鯛にはならなかった。

「杉やき鯛ですか」

三吉は顔をしかめかけた。

「あればっかしは、おいら、苦手だ」

杉やき鯛では失敗を重ねているのである。ある時は、七輪にかけた杉板が鯛を載せる前に火が移ってしまったし、また、ある時は、杉板に載せた鯛の身が、板から離れなくなって難儀した。どちらも、杉やき鯛を楽しみにしていた客たちに、よくよく頭を下げて詫《わ》びなければならなかった。

そこで季蔵は、

「杉板は濃いめの塩水に漬けておくだけじゃない、七輪にかける前に、裏側を水で濡《ぬ》らして、塩をべったり付けておくんだ。こうすれば、燃えにくい。鯛の身をやや厚めに切って、ごくごく薄塩をしてから焼くと、板につきにくく、箸《はし》で取りやすい。この点を外さなければ、今度こそ大丈夫だよ」

と言って励まし、

「だから、うんといい鯛をこれから仕入れに行こう」

三吉を促して、鯛が売られている魚河岸へと向かった。

二

本船町《ほんふな》の魚河岸で季蔵は二尾、真鯛を仕入れた。鯛の旬は春だが、近海魚なので夏でも出回っている。ただし、鯛に限らず、夏の盛りの魚は傷みやすいので、仕入れには気をつけなければならなかった。

「三吉」

季蔵は小声で、

「あの鯛の目は濁っている。海から上げて時がたっている証《あかし》だよ。活《い》き活《い》きして見えるのは水をかけて、誤魔化《ごまか》しているからだ」

店主に勧められても、決して首を縦に振らなかった、値のわりに大きな鯛の方に顎《あご》をしゃくった。

「腐っても鯛というがあれは嘘《うそ》だ。傷めばどんなものでも美味《うま》くないし、何より、今時分は食当たりが心配だ」

鯛をもとめて帰る道すがらも、季蔵の話は鯛に終始した。

「そういえば、ここのちょいと先に三上屋《みかみや》という名の小さな小間物屋があるんだけど、十日ほど前、そこの五つになる子どもが吐き下し続けて死んだんだ。一人息子で親たちは泣き暮れてて、とうとう、みつ芳《よし》に食べに連れて行ったのが悪かった、鯛の料理に当たったんだなんてことまで言いだしてる」

みつ芳というのは鯛料理で有名な老舗であった。三吉は話を続けた。

「そもそも、下魚の秋刀魚《さんま》や鰯《いわし》なんぞと違って、鯛そのものが高級魚の上に、あの格式高いみつ芳じゃ、最高の鯛を料理に使ってるはず。三上屋は息子に死なれて世迷《よま》い言を、言い出してるんじゃないかっていう噂《うわさ》なんだよ。もっとひどい言い草はね、貧乏人がみつ芳の鯛料理なんぞを、親子で張り込むからいけないんだ、身の程知らずは身を滅ぼすなんて――、おおかた、みつ芳の鯛を食べたことのねえもんの僻《ひが》みなんだろうけど――」

「わたしも実はまだ、みつ芳へは行ったことがないんだ。何しろ、えらく高いと聞いてね」

季蔵は苦笑した。

――御奉行の烏谷様はきっと、何度もおいでになっているだろう。もちろん、杉やき鯛も召し上がっておられるはず。みつ芳の料理に負けぬよう、こちらも心して料理しなければ――

「そのうち、学びがてら、みつ芳へ一緒に出かけてみよう」

季蔵が誘うと、

「本当ですか」

三吉は顔を輝かせた。

店に戻ると季蔵はすぐ、俎板《まないた》の上に鯛を据えて包丁を手にした。二尾のうち、やや小ぶりの一尾の方は鱗《うろこ》、鰓《えら》、臓物を取り除いた後、三枚に下ろして、さくに作っておく。これは杉やき用である。

みつ芳とかの高級料理屋の一品として供される杉やき鯛は、一人前がほんの五、六切れなのだが、大食漢の烏谷にかかると、こんなものではすまない。まるまる鯛一尾分のさくを杉やきで食べてしまう。

それだけではない。杉やきだけでは足りずに、もう一品、鯛料理を楽しむのが烏谷流であった。秋か、冬だと、烏谷のために、鯛の丸揚げ煮を杉やきにつける。これはまず、布巾《ふきん》でしぼった豆腐に葛粉を振り入れて、下処理した小鯛に詰める。小鯛の腹の部分を木綿糸で縛り、全体に小麦粉をまぶして、胡麻油《ごまあぶら》でからりと揚げて仕上げるのだが、烏谷はこれに目がなかった。煎り酒を垂らして、〝あちちち〟とうれしい悲鳴をあげながら、器用に箸を動かした。

烏谷が夏に杉やきを食べたがったことは、まだ一度もなかった。夏に丸揚げ煮はいくら何でも暑苦しい。

「あと一尾は何に使うんですか」

三吉に訊《き》かれて、

「鯛素麺《たいそうめん》だよ」

季蔵は答えた。

「えっ」

三吉はうれしくてたまらない顔になった。

「あれなら、おいら、得意なんだ」

「そうだろう」

季蔵は微笑《ほほえ》んだ。

鯛素麺の秘訣は、鯛の焼き方にある。下処理した大きめの鯛の身の両面と腹の内側に、酒をたっぷり塗って焼き、酒が全体に行き渡り、焦げ目が薄く付いたところで、胡麻油を塗る。この後、身を竹串《たけぐし》で突いて、油が鯛全体に行き渡るようにして焼く。焦がしてはいけないので、結構、根気のいる仕事であった。

季蔵は三吉が鯛を焼いている間に、鍋《なべ》に昆布と煎り酒、少々の味醂《みりん》で鯛素麺のための煮汁を作った。この煮汁でもどして細切りにした干し椎茸《しいたけ》も煮ておく。

鯛が焼き上がる間に、薄焼き卵を作り、大葉ともども千切りにした。いよいよ、三吉の鯛が焼き上がりかけると、素麺を茹《ゆ》で始める。素麺を一度、冷水に晒《さら》して笊《ざる》で水気を切った後、焼けた鯛の頭から尾にかけてぐるぐると幾重にも巻き付けていく。

こうして出来た素麺鯛を作っておいた煮汁でさっと煮て、味を馴染《なじ》ませ、器に盛りつけて、干し椎茸と大葉、薄焼き卵を彩りよく飾り付けて仕上げる。

「これにはとっておきの伊万里《いまり》の大皿が合いますね」

三吉がうれしそうに言ったのと、

「ご免」

腰高障子を開けて烏谷が入ってきたのとは、ほとんど同時であった。暮れ六ッ（午後六時）の鐘がまだ鳴り終わっていない。

——外見からは大ざっぱに見えるが、実は几帳面《きちょうめん》な御方《おかた》だ——

烏谷は訪れると告げてきた時、鐘が鳴り終わって、店に入ってきたことはまだ一度もなかった。

すでに杉やきの支度は離れに出来ている。

「あたしが――」

おき玖が鯛素麺の盛られた大皿を抱え持った。

「それでは離れへどうぞ」

鳥谷を伴って店から出て行く時、季蔵が目配せすると、三吉は緊張した面持ちで頷《うなず》いた。

鳥谷が訪れる日は、店はおき玖が仕切る。三吉は季蔵が仕込んだ料理を、手順通りに作って出すだけだったが、とはいうものの、板場に一人で立たせるのは不安が大きかった。

――お嬢さんの祝言のことはまだ、三吉に伝えていなかった。はて、お嬢さんがいなくなったら、こんな時、どうしたものだろう――

季蔵は心の中でため息をついた。

ほどなくして、季蔵は鳥谷と離れの座敷で向かい合った。いつものように、鳥谷は仏壇に手を合わせてから箸を手にした。

「まずはこちらから行こう。鯛素麺は煮汁を吸って伸びた素麺が美味いが、何事も過ぎたるは及ばざるが如《ごと》し、伸びすぎては不味《まず》くなる」

鳥谷は鯛素麺に取りかかった。鳥谷のための鯛素麺もまた、素麺は並みの量ではない。巻き付けられた相当量の素麺が、鳥谷の箸を経て口の中へと消えていく。

「これは煮汁が残っているうちに食べ終えないとな」

鳥谷は大皿を持ち上げて、満足げに煮汁まで啜《すす》り込んだ。

季蔵は烏谷が食べ始めるとすぐ、七輪に火を熾《おこ》して待っていた。そして、烏谷が大皿を置くと、

「次は杉やきです」

早速、用意した杉板をその上にかけ、鯛の切片を載せて焼いていく。焼くというよりも焙《あぶ》るのである。三十と数えないうちに菜箸で取り上げ、烏谷の小皿へ移さねばならない。

煎り酒に浸して一切れ食べた烏谷は、

「美味い」

大声を出した。

「杉やきはこうでなければならぬな」

うっとりとして、二切れ目も口に入れた。

「五日前にみつ芳でこれを食べた。みつ芳のものとは比べようもない」

「そんなにみつ芳の杉やきは美味《おい》しいのでしょうか」

「何を言うのだ」

烏谷は目を丸くした。

「わしはこの杉やきは絶品だと言ったのだぞ」

「まさか、みつ芳の杉やきがこれほどではなかったとおっしゃるんですか？」

季蔵は首をかしげた。とても信じられない。

「ああ、たしかにこれの足許《あしもと》にも及ばなかった」

「そんなこと――」

あろうはずがないという言葉を季蔵は呑《の》み込んだ。代わりに、

「杉やきはそう、むずかしい料理ではありません。秘訣は杉板ですが、みつ芳ともなれば、杉板もこれぞというものを使っているはずです。杉の移り香が、ほどよくなかったとはとても思えません」

「みつ芳の杉やきは杉の香がよくないのではない。何より、鯛がよくなかった。生臭かったのだ」

烏谷はきっぱりと言い切った。

「鯛が古かったと?」

季蔵は愕然《がくぜん》とした。知らずと首を捻《ひね》っていて、

「失礼ですが、御奉行のお身体《からだ》の具合が悪かったのではありませんか?」

「いや、わしはいたって元気だ。この通り、夏瘦《なつや》せとも無縁じゃ」

烏谷は大きな胸を張った。

「それより、どうして、わしが今時分、杉やき鯛を所望したのか、不思議に思わぬのか?杉やきといえば、松茸《まつたけ》や銀杏《ぎんなん》などの秋の味覚と共に食する馳走《ちそう》と決まっておろうが――」

「それをおっしゃるなら、なぜ、わざわざみつ芳に出向かれて、時季外れの杉やきを召し上がられたのですか?」

季蔵は訊き返した。

「そちは箔屋《はくや》町の小間物屋の子どもが一人、死んだ話を知っておるか」

「はい、風の噂で」

烏谷相手には親しい者の名は出さないことにしている。

三

「わしも風の噂で耳にした」

烏谷も惚《とぼ》けている。烏谷ほど、江戸市中の噂収集に長《た》けている役人は、ほかに見当たらなかった。

「死んだ子の親たちは、みつ芳の鯛料理で殺されたと言いふらしているそうだ」

「御奉行がみつ芳へ行かれて、杉やきを頼まれた理由がわかりました。その子の親の言い分が本当かどうか、ご自分の舌で調べにいらしたのですね」

「時季外れの杉やきにしておいたのは、うっかり、刺身を頼んで、傷んだものを食べさせられては身がもたんと思ってな」

烏谷はからからと笑って、

「このわしとて、相手が傷んだ食い物だったりしたら、当たって腹をこわし、案外、ころりと行ってしまうかもしれぬ」

「たしかに杉やきは刺身に近いものではありますね」

「そして、食わされた杉やきは生臭かった」

「活きが悪かったと言われるのですか」

「活きが悪いどころじゃない、ここの杉やきを試してみて確信した、あれは刺身の使い回しじゃないかとわしは睨んでおる」

「それでは、子どもが食べた刺身というのも使い回しだったと?」

「みつ芳では人を見て、使い回しのやり方を変えているのだと思う。死んだ子と親は清水の舞台から飛び降りるつもりで、はじめて、みつ芳に出かけたという話だから、よほど、見くびられたのだろう」

「本当だとしたら、酷《ひど》い話ですね」

「本当だとしたら？わしの舌を疑っているのか」

「いえ、そんなことは」

さすがに季蔵は目を伏せた。

「それにわたしは自分の舌だけで、みつ芳を怪しんでいるわけではない。そなた、田島縁《たしまえん》魚《ぎょ》という食通を知っておろう?」

「半年ほど前に亡くなられたと聞いております」

田島縁魚は食べ物の本を多数出しているほかに、瓦版《かわらばん》にもどこの何が美味いだの、あそこのこれは味が落ちただのという話を書いていた。元は草紙作家であったのが、食通の本ばかり売れるので、いつしか、食通本の大御所と見なされるようになっていた。もっとも、塩梅屋とも季蔵とも縁は無かった。縁魚も食通を仕事にしている以上、小料理屋などは眼中になく、書き記すのは、それなりの格の店の味であった。

「縁魚は河豚《ふぐ》の毒に当たって死んだとされているが、これが腑《ふ》に落ちない。あれだけの食通だ、河豚の毒にはよほど気をつけていたはず――」

「殺されたとでも？」

季蔵には思いがけない話であった。

「そうだ。縁魚は死ぬ何日か前、足しげくみつ芳に通っている」

「縁魚先生はみつ芳の鯛料理がたいそう、気に入っている様子で、どの本にも、〝鯛はみつ芳に始まってみつ芳に終わる〃なぞと書かれていましたから、よほど、贔屓《ひいき》になさっていて、お親しかったのかと――」

「その縁魚は、みつ芳について、瓦版に書く直前死んだのだ。少々、おかしいとは思わぬか」

「縁魚先生ほどの食通なら、みつ芳の料理の味の違いは、誰よりも先にわかることでしょう。先生はそのことを瓦版に書くと、みつ芳に言い渡したがために殺されたとおっしゃるんですか？」

「わしはそう考える」

「とはいえ、決めての証はありませんね」

「ない、勘でそう思うだけだ」

季蔵はこめかみに手を当て、うーんと考え込んで、

「御奉行の勘にも一理はあります。けれど、わたしはこれでも料理人のはしくれ。同じ料理を供する者として、みつ芳がそんなことをしているとは思いたくないのです。それに、みつ芳ほど高い料理を出していて、何で使い回しをしなければならないのか、さっぱりわからないのです」

「そちの気持ちはわかった。ならば、近々、そちをみつ芳へ連れて行く、いいな」

「わかりました」

季蔵は頷いた。

こうした話の間中、烏谷はずっと、季蔵が焙り焼いた杉やきに舌鼓を打っていて、いよいよ、最後の一切れとなると、

「名残り惜しいのう」

切なげに呟《つぶや》いて、ごくりと喉《のど》を鳴らして呑み込んだ。そして、

「ところで、そち、わしに何か話があるのではないか」

引き続き、冷酒を満たした盃《さかずき》を傾け始めた。大食漢の烏谷はまずは肴《さかな》で腹を満たしてから、酒に移るのが常であった。

「よくおわかりですね」

烏谷は人の観察にも優れ、直感が鋭かった。

「さすが御奉行様です」

「ならば、申してみよ」

そこで、季蔵は装われた二件の自害について、

「すでに、お耳に入っておられることでしょうが――」

一本松藩の勘定方松木義之助が、浪人、木崎吉五郎に妻の薬代目当てに殺され、嘉月屋のお内儀が不義の相手である手代に一緒に夜逃げるよう迫られて、毒死させた事件――二件とも自害が装われていた。

「どちらも知らぬことだ。武家や大店《おおだな》は隠すのが上手《うま》いゆえ、噂にもならず、耳に入らぬのだよ」

烏谷は大きな目をぎろりと剝《む》いた。

「されど、自害を装った殺しがたて続くとは、たしかに不思議な話よの。そちが申すように、あながち偶然ではないかもしれぬ。それに一本松藩にはちと思い当たることがある」

「と申されますと?」

「一本松藩の江戸家老中山三右衛門《なかやまさんえもん》と申す者、とかくの噂がある」

「とかくの噂とは?」

「藩の江戸家老の務めは幕府の重臣や、他藩の家老たちとの社交に尽きる。御家《おいえ》安泰のため、社交でさまざまな情報を得る必要があるからだ。たとえば、上様が新しい御側室を持たれ、ご寵愛《ちょうあい》この上ない様子だと聞き及んだならば、すぐさま、その御側室に付け届けをしなければならない。このほかにも、誰がどの役職に就いたとかも、聞き漏らすわけにはいかない。早速、祝いを贈らなければならないからだ。もっとも、この手の付け届けはい

つもというわけではない。こうした情報を報《しら》せてくれる、重臣たちや他藩の家老への付け届け、つきあい酒が馬鹿にならないのだ。けれども、常日頃から重臣や他藩の家老たちとつきあいをよくして、互いに機嫌を取り結んでおかないと、このような大事を報せてもらえず、礼を欠くと見なされる。ようは後で泣きを見るのだ。その点、中山三右衛門は社交の上手い江戸家老と言われている。社交上手な江戸家老十傑に、堂々、入ってもおかしくないほどだと噂されている。もっとも、これはよい噂ではない」

「金を使いすぎるのですね」

「その通りだ。四万三千石の一本松藩は小藩でこそないが、地の利のよくない奥州にある外様《とざま》だ。あれほど社交に金を使わずとも、凶作続きで餓死者も出ている国許《くにもと》に、その金を回すべきだと言う者が多い」

「御主君は何もおっしゃらないのですか」

「一本松藩の御主君はまだ七歳、しかも、御主君の母親は中山三右衛門の養女、こうあっては、中山はやりたい放題だろう」

烏谷は太いため息をついた。

「とはいえ、一本松藩に、中山を諫《いさ》める者たちが皆無ではなかろう。はっきり、これこれと金の額を記されて、追及されれば、さしもの中山でも、知らぬ存ぜぬは通らない。勘定方松木義之助は、江戸家老中山三右衛門の不正に気がついたのではないか。公《おおやけ》にする前に、中山のところへ行って、隠居を迫ったのではないかと思う。そこで、あわてた中山は、自身の使い込みを隠蔽《いんぺい》するため、松木義之助を木崎吉五郎に殺させたのだ」

「しかし、木崎吉五郎は一介の浪人ですよ、一本松藩家老と知り合いであったとはとても思えません」

「となれば、中山三右衛門の命を受け、木崎吉五郎を雇い、自害に見せかけて、松木義之助を殺させた者が居る」

「その者は中山三右衛門の近くに居るということですね」

――一本松藩江戸家老の近くに居る者となると、武士がほとんどではないだろうか――

季蔵には皆目見当がつかなかった。


翌々日、季蔵に烏谷からの文がまた届いた。夕刻、駕籠《かご》を向けるから、五ッ（午後八時頃）に深川永代《えいたい》寺門前のみつ芳まで来てほしいというのである。

はじめて目にするみつ芳の店先には、夕顔の花がぽっと白く咲いていた。

――たしか、ここは女主だったな――

豪華な鳳凰《ほうおう》の間がある、高級料理屋〝八百良《やおりよう》〟とは、また、違ったしっとりした趣の老舗である。案内されて廊下を歩いていると、苔《こけ》むした灯籠《とうろう》の陰から、時折、蛍の光が漏れて見える。

――こんな幽遠な佇《たたず》まいの場所で、使い回しがされているなんて――

季蔵にはまだ信じられない。

四

烏谷は先に来ていて、座敷で待っていた。

「今日はさらさ鯛にした。頼んだのはこれと酒だけだ」

「鯛尽くしではなく？」

鯛尽くしはみつ芳の看板料理であった。

「尽くしを出されて、あれこれ不味い鯛を食わされてはかなわんからな」

烏谷は苦笑した。

「失礼いたします」

鈴の鳴るような美声が障子を開けた。

「みつ芳女将《おかみ》のよしのでございます」

鬢《びん》に白いものが混じっている初老の女将は、若い頃はさぞかし美形であったと思われる、整った顔立ちをしていたが、今では痩せぎすで目尻の皺《しわ》が目立ち、全体に窶《やつ》れた印象を受ける。

「先ほど参らせていただいた仲居のおつねより、さらさ鯛をお頼みいただいたと聞きまして——」

「どうしても、さらさが食べたい。今の時季、あのひんやりとした食味を味わいたい」

「実はさらさ鯛は鯛尽くしに入っておりませんので、お代は特別にいただくことになります」

女将のよしのは目を伏せた。

「これから店の者に赤貝を買いにやらせねばなりませんゆえ。陽《ひ》も陰ってまいりましたし、どれほど、魚屋を探せば、活きのいい赤貝が手に入るものなのか、見当もつきません」

「ならば、いかほど出せば食せるのか」

「お二人前のさらさ鯛を、お一人前の鯛尽くしのお代ではいかがかと――」

女将は上目づかいに烏谷を見た。

「まあ、よかろう」

烏谷は鷹揚《おうよう》に頷き、

「それではよろしく頼む」

「どうか、しばらくお待ちくださいますよう」

よしのはふっと微笑み、出て行った。

「この時季、尽くしの品書きに、さらさ鯛を加えていないのはおかしなことですね」

さらさ鯛はいわば、鯛を使った贅沢《ぜいたく》この上ない蒲鉾《かまぼこ》である。擂《す》り身にした鯛に卵白、水溶きした葛粉を加え、さらに、小指の先ほどに切った三つ葉の軸、千切りにした木耳《きくらげ》、人参、赤貝と合わせて鉢に入れ、よく練って、平たくしておく。これを蒸籠《せいろう》で蒸し上げ、すっかり冷めたところで、箆《へら》ですくって器に盛りつける。冷やせば冷やすほど美味な夏の料理であった。

「これから赤貝をもとめるのは難儀でしょうに――」

――本当に店に赤貝が無いのだろうか――

赤貝の旬は夏である。さらさ鯛が品書きにないのも、赤貝を置いていないのも、季蔵は得心がいかなかった。

「赤貝など待っていたら、明日になってしまうかもしれぬな」

烏谷の言葉に相づちを打てずにいると、

「そち、そうは思っておらぬであろう」

季蔵は胸中を言い当てられた。

「八百良の茶漬け、一両二分の話を思い出しておりました」

八百良の茶漬け、一両二分の話とは、茶漬けを所望した酔客に江戸一の高級料理屋八百良が、玉川まで水を汲《く》みにやったからという理由で、法外な茶漬け代を請求した話であった。以来、高級とか、老舗とか言われている料理屋で〝八百良遊び〟が行われている。お大尽たちの遊びの一つで、法外な料理代を支払うことが富裕の証、誇りにさえなっている。

「まあ、そんなところだろう。ところで、そち、八百良が一両二分取った茶漬けは美味かったと思うか?」

「何しろ、玉川の清水ですからね」

「では、ここのさらさはどうだ?」

「わかりません」

そのさらさ鯛が運ばれてきたのは、一刻《いっとき》（約二時間）ほど後のことであった。

「店の者たちが江戸中を駆け回って、やっともとめてきた赤貝が入っております」

女将のよしのは恭しく、さらさ鯛の盛られた皿を二人の膳《ぜん》に並べた。

「さすが、みつ芳、器は伊万里の青磁、さらさ鯛とよく似た形の舟形ではないか」

烏谷が褒めると、

「ありがとうございます。器も料理のうちでございますゆえ。このみつ芳、鯛料理にかけてはどこにもひけをとるまいと、器一つも疎《おろそ》かにしていないつもりです」

よしのは凛《りん》とした声で礼を述べた。

女将が部屋を出て行くと、烏谷は早速、箸を取った。一箸口に運ぶと、

「これはいかんな」

すぐに箸を投げ出した。

倣《なら》った季蔵も、

「どうもそのようですね」

箸を置いた。

「生臭いのは鯛だけではない、赤貝も臭い、活きの悪い証だ」

「蒸せば誤魔化せると思っているのかもしれませんが、この料理に醤油や砂糖は使いませんからね、鯛や赤貝の素が出てしまうのです」

「そうか、わしの睨んだ通りだったか」

「御奉行がさらさ鯛を頼まれたのは、使い回しの証を、さらにはっきり摑《つか》むためだったのですね」

「ここでは人を見て、使い回しの手口を変えているようだ。一見の客ならば、鯛の刺身など食いつけていないと見くびって、子どもが死ぬほど傷んだものを出す、そこそこ常連のわしが相手だと、ちょいと前の客が食い残した刺身を杉やきに回す、それで、刺身にも杉やきにもできないほど、古いものはどうするのかと気になったのだ。そちの言うように、醬油や砂糖で煮られたら、舌が誤魔化されてしまう。その点、さらさ鯛なら、誤魔化せるようで誤魔化せない」

「御奉行はご自分の舌が証だと、ここの女将に使い回しを認めさせるおつもりですね」

――こんなことでいたいけな子どもが死んだとは――

季蔵は腹の底から怒りを覚えた。

「わしはそこまで偉くはないし、そんな我田引水の裁きが後の世に伝わってもいかん」

「では、今日のところはこれで引き下がるしかありませんね」

季蔵は強い目で烏谷を見据えていた。

「すぐに引き下がりはしない」

烏谷はにやりと笑った。

そして、銚子《ちょうし》を傾けてわざと袴《はかま》の膝《ひざ》を濡《ぬ》らすと、立ち上がって、障子を開け、

「うっかり、酒をこぼした、ここの係を呼んでくれ」

廊下に向かって大声を上げた。

「お召し物、大事はございませんか」

仲居のおつねがかけつけてきた。三十半ばの色の浅黒いおつねは、上気した顔で、濡らした手拭《てぬぐ》いを手にしている。

「ここを拭《ふ》いてくれ」

「はい」

おつねは懸命に鳥谷の袴を拭《ぬぐ》った。

「もう、よいぞ」

鳥谷は懐に手をやって、財布を出すと小判を二枚、おつねの手に握らせようとした。

「世話になったな」

「いえ、これも役目でございますから」

おつねは鳥谷に握られた手を振り払って、固く辞退した。

「そちは一人か」

「いえ、働かない亭主と五つになる男の子が一人おります」

「それでは暮らしは辛《つら》かろう」

「はい、それはもう」

おつねは顔をうつむけた。

「だったら、取っておけ。子どもに何か美味いものでも食べさせてやるといい」

「はい、でも、こんなにたくさん――」

おつねはまだ、躊躇《ちゅうちょ》している。

「残れば亭主に見つけられぬよう、畳の下にでも隠しておけばよいのだ」

鳥谷は再度、おつねの手を取った。

「そうせよ、よいな」

「それでは」

おつねはおずおずと小判を握りしめた。

「ところで、このところ、ここに通い詰めている客はいないか？」

「なぜ、そのようなことをお訊きになるのです？」

おつねは用心深かった。小判は握りしめてはいるものの、まだ懐には入れていない。

すると鳥谷は、

「ここへは別の名で料理を食いに来ていたが、実はわしは北町奉行鳥谷椋十郎、理由《わけ》あって、ある事件を調べている。ここに限らず、どの店でも同じことを訊いている、それだけのことだ。どうか、包み隠さず、話してほしい」

鳥谷の言葉に縮み上がったおつねは、

「三日にあげず、瓦版屋の伊八《いはち》さんがおいでです」

「その者、女将と話しこんだりはしていないか」

「はい、奥の女将さんのお部屋で――」

鳥谷に気押されているおつねは、恐ろしそうに目を瞠《みは》って、

「女将さん、伊八さんに限っては、お酒や膳をご自分でお運びになるほどです。誰もお部屋に寄せ付けようとなさいません」

五

「ところで伊八の年は？」

「三十半ば——わたしやここの若旦那《わかだんな》ぐらいの年です」

「とすると、初老の女将とは年が釣り合わぬな、惚《ほ》れた腫《は》れたの仲ではあるまい。それとも、男女の縁に年の差はないともいうから、あるいは深い仲なのかもしれぬが、おまえの目から見て二人はどうだ？——」

「伊八さんがおいでになると、女将さんは落ち着かないご様子で、お帰りになると、がっくりお疲れのようにお見受けいたします。田島縁魚先生がよくおいでになっていた時は、あんな風ではなくて、もっとうれしそうでした。もっとも、女将さんは若旦那がお帰りにならない日が続いても、お疲れのご様子ですけれど——」

　おつねは痛ましそうにため息をついた。

「そうか、よくわかった」

「それから——」

なおもおつねが物言いたげで、

「この間、あれっと思う言葉を板場で耳にしました。〃タイクョウ〃にしようって」

烏谷と季蔵は目と目を見合わせた。言い値を払い、店を出ると、烏谷は季蔵の耳に口を寄せて、

「〃タイクョウ〃か、おそらく〃鯛供養〃だろう。板場が示し合わせている使い回しの隠語だな」

「供養という、美しい心の言葉をそのように使ってほしくはないですね」

季蔵は腹立たしかった。

角を曲がって、みつ芳が見えなくなったところで、

「たしか田島縁魚は伊八が売る瓦版に何やら書いていたはずだ。瓦版屋が縁魚の書いたものを載せているのは、皆が喜んで買い求め、瓦版が売れるだけではない、食通と称する者たちと一緒に高級料理屋に出入りし、威張って、馳走にありつくことができるからだ。料理屋の方では、迂闊《うかつ》なことを瓦版に書かれると、客足に関《かか》わるから、瓦版屋は侮れない、怖い相手だ」

「だとしたら、みつ芳の女将が伊八をちやほやするのも不思議はないでしょう」

「ところがそうじゃない。縁魚が死んだ後、伊八は縁魚を悼んで、しばらく、食通についてのことを載せるのを止めたなどと、もっともらしいことを言っている。そうなると、伊八がみつ芳に出入りする必要などないし、まして、みつ芳が伊八を下にも置かない理由などないではないか」

「御奉行は伊八がみつ芳の使い回しを知っているとお思いなのですね」

「そうだ」

烏谷は大きく頷いて、

「縁魚が瓦版にみつ芳の使い回しを書くつもりだと知った伊八が、みつ芳の女将に話を持ちかけたのだ。これを公にしない代わりに金を出せとでも──。何としても、公にしたくない女将は、伊八の誘いに乗った。伊八は書くのを止めるよう、説得などできないと見て縁魚を毒死させたのではないか」

「縁魚先生が亡くなられていた時のご様子は？」

「縁魚は独身者《ひとりもの》だ。だから、一人で死んでいた。そばの七輪に河豚の鍋がかかっていた。毒となるはらわたは残っていなかったが、河豚鍋を前に死んでいたのだから、河豚の毒に当たったのだろうということになった」

「それでは、河豚が元ではないかもしれませんね」

「そのようにわしも思う」

「縁魚先生と一緒に伊八も鍋をつついていたと？」

「まだ、伊八とは断じられないが、縁魚が一人でなかったのは事実だ。畳の上に転がっていた箸は三本だった。皿や杯は縁魚の分しかなかったから、一緒に居た者は、あわてて持ち去ったのだ。

わしは下手人が伊八なら縁魚を毒死させるのは、ことのほか、たやすかったと思う。まさか、仲良く食い歩きをしている相棒同然の相手に、毒の混じったものを食わせられるとは、なかなか思わぬものだからな。毒は酒に入っていたのかもしれない」

二人は塩梅屋の前に来ていた。すでに暖簾《のれん》は下ろされ、掛け行燈《あんどん》の灯《ひ》も消されていたが、中の灯《あか》りはまだ消えていない。

「それではな、また」

鳥谷は通りすぎ、季蔵は後片付けが気になって、店の腰高障子を開けると中へと入った。

三吉が片付けをした皿小鉢や鍋などを確かめていると、
勝手口の外でおき玖の声がした。

「まあ、綺麗《きれい》」

「本当だ」

男にしては細い声である。

――もしかして――

「でも、あっけないわ」

「仕方ないよ」

「やっぱり、好きじゃないわ、線香花火」

「昔と同じだね、昔もおき玖ちゃんは線香花火が嫌いだった」

――雛次、いや、清三良《せいざぶろう》さんだ――

「清三良さんは好きだったわね、これ」

「幸せなんてつかのまだって、俺は昔から思ってたから」

「線香花火って、寂しい花火なんですもの。おとっつあんが死んだ時は春だったけど、この花火の夢を見たわ」

「もう、寂しい思いはさせないから。いつか、きっとおき玖ちゃんも、線香花火を好きになるさ」

「そうね」

「そうさ」

そこでしばらく言葉が途切れた。

――いいやりとりだ――

季蔵は知らずと微笑んでいた。

――お嬢さんは間違いなく幸せになる――

季蔵が三吉が磨き残していた鉄鍋に油を垂らすと、乾いた布で磨き始めた。耳元でぶーんと音がした。

――蚊か――

頰に止まった蚊を、空いた左手でぴしゃりと音を立てて、叩《たた》いたつもりだったが、不覚にも手が頰から逸《そ》れて、近くに積まれていた皿に当たった。がちゃんと大きな音がして、

――しまった――

あわてて、季蔵が皿の砕けた破片を拾おうとしていると、

「まあ、季蔵さん」

音を聞きつけたおき玖が勝手口を開けて立っていた。

「うっかり、皿を落としてしまいました。これで、三吉に鍋の磨き方が悪いと説教ができなくなりましたよ」

季蔵は苦笑した。

「そうだ、季蔵さんに清三良さんと会ってもらおう――、季蔵さん、こっち――」

おき玖は勝手口へと季蔵を手招きした。

「それじゃ」

季蔵は前掛けで手を拭いて従った。ところが、

「あら、清三良さん」

勝手口の外にはもう清三良は居なかった。ただし、急いで歩いて行く後ろ姿は見えた。細い声によく似合った華奢《きゃしゃ》な長身は、いかにもすらりとしたいい姿だった。

じっと見送っていたおき玖は、

「どうしたのかしら、清三良さん、きっと照れたのね」

「悪いことをしました」

――二人の逢瀬《おうせ》に気がついたら、すぐに、店を出ていればよかった――

「とんだ邪魔をしてしまって」

「いいのよ、気にしなくても。清三良さんだって、何の前触れもなく、さっき、ふらっと

来て、線香花火をやろうなんて言いだしたんですもの。でも、思えば、あたしは筍掘りが好きだったけど、あの人は線香花火の方が好きで、でも、あたし、子どもの頃はほとんどつきあってあげなかったのよ。あたし、線香花火って好きじゃないから。とはいえ、これからは夫婦《めおと》になることだし、あの人の好きなこと、一緒にやるのもいいかもしれない、いつか好きになろうって思って、おつきあいしてただけだもの、それにあの人――」

おき玖は言いかけて口をつぐんだ。さっとおき玖の顔が翳《かげ》った。

――わたしとしたことが――

「だったら、なおさら、申しわけない、気のきかないことをしました。この通り」

季蔵は深々と頭を下げた。

「そうだ、お茶淹《い》れましょうか」

「罪滅ぼしにわたしが淹れますよ」

二人は床几《しょうぎ》に並んで座った。

「さっき、言いかけたことなんだけど、季蔵さんにあんまり謝られると困るから、話してしまうわ。あの人の後ろ姿、子どもの時、別れてそれっきりだった時とそっくり。何となく寂しげで、何と言ったらいいか、頑《かたくな》なところもあって、あたしが入っていけないような――」

「お嬢さん、清三良さんがどこかへ行ってしまうんじゃないかって、思ってるんですね」

「だって、あの人、昔も今も、幸福はつかのまだなんて言うのだもの――」

「お嬢さんはもうじき、清三良さんと夫婦になるっていうのに、そんなこと、気にしてるんですか」

「女はね、これと決めた相手のこととなると、どんな些細《ささい》なことでも気にかかって仕方のないものなのよ」

——そういうものか——

季蔵は女というものはよくわからないと思った。

「女には、たとえ、逆立ちしても、男にわからないところがあるのよ」

おき玖は真顔である。

——逆立ちしても男にわからない、か——

その物言いがおかしくて、逆立ちしても、逆立ちしてもと繰り返しているうちに、ふと思いついて、

「一つ、折り入って、お嬢さんにお訊きしたいことがあるのですが」

季蔵は背筋を正した。

「それ、女でなければわからないこと?」

おき玖は勘がよかった。

「そうなのです」

季蔵はみつ芳の仲居おつねの言った言葉に拘《こだわ》っていた。〝そうか、よくわかった〟と烏谷は言ったが、季蔵には、たとえ逆立ちしたとしても、真意がわからなかった。

だが、おき玖は、

「それなら、簡単。女というものは母親になると、好いた相手よりも誰よりも、わが子が可愛《かわい》いと思うものなのよ」

ことなげに答えた。

六

田端《たばた》と松次《まつじ》がまだ暖簾も出さないうちから、塩梅屋に腰を据えたのは、翌々日のことであった。

「暑い、暑い、たまらねえなあ」

松次は暑いのがまるで、塩梅屋のせいでもあるかのようにじろりと店の中を睨んだ。

――夏は暑いものと決まってるのに――

挨拶《あいさつ》もそこそこにおき玖は離れへ逃れたが、

「お役目、ご苦労様です」

季蔵は丁寧に頭を下げた。

「何か召し上がり物をご用意いたしましょう」

「そうだな」

松次は当然のことのように頷いたものの、

「旦那には冷や酒、こちとらは水」

どうせ、水しかないだろうという不満そうな顔になった。

「白玉がございます」

出かけたおき玖が土産にもとめてきたものである。

「それ、砂糖水だけのかい？　俺はたっぷり、小豆餡《あずきあん》がかかってるのがいいんだがな」

全くの下戸で無類の甘党の松次には、冬なら甘酒、夏は小豆餡がかかった白玉が欠かせないのである。

「小豆餡のがございます」

おき玖は多少値の張る、小豆餡の白玉が好物であった。

「どうぞ」

季蔵は素早く、二人の前に冷や酒の入った湯呑みと、小鉢に盛りつけた白玉を置いた。

しばらくの間、寡黙な田端は無言で冷や酒をすいすいと二、三杯飲み干し、普段はおしゃべりな松次も忙しく白玉を口に運んでいた。

——酒はたっぷりあって、白玉も残っている。今日は長くなるぞ——

季蔵は傍らで仕込みを手伝っている三吉と目が合った。三吉の目が頷いた。季蔵と同じ覚悟をしている。

——十手持《じって》ちの方々とお話をしながら、仕込みをするのは気の張るものだ。どちらもしくじりは許されない——

「こんな陽気だってえのに、仏に呼ばれるのはかなわねえぜ」

食べ終わった松次が口を開いた。

「どなたか亡くなったのですか」

「誰が死んだと思う？」

聞いていた三吉は、

――江戸は広いんだから、そんなこと言ったって、わかるもんか。松次親分は無茶苦茶なことを訊いてる。いつだって十手を笠《かさ》に着て偉そうで、大食いの只飯食《ただめしぐ》いなだけだ――

心の中で密《ひそ》かに松次を罵《のの》った。

「さあ――」

季蔵は首をかしげた。

「おめえも、見たことぐらいはあるかもしんねえ奴だ」

「はて――」

木原店《きはらだな》の同業者の一人だろうかと思いかけた時、

「死んだのは深川熊井《くまい》町正源寺裏に住む伊八と申す瓦版屋だ」

田端がぽつりと言った。

「伊八なら、瓦版を売り歩いているところを見たことがあるはずだ」

松次の言葉に、

「瓦版屋の伊八さん」

答えた季蔵は、

ぎょっとして、手にしていた、魚焼きに使う金串を取り落としそうになった。

──あの伊八が──

「何だ、知り合いだったのか」

松次はへえという顔で季蔵を見た。

「いいえ、何回か遠くから見ただけです。えらく元気で威勢のいい人でしたが、死んだ理由は病ですか?」

「あいつが病になんぞ、罹《かか》るわけもねえ。伊八は酔って、自分の家の梁《はり》にぶら下がってたんだよ。自分で首を吊《つ》って死んだんだ。こんな時季だから、骸《むくろ》がえらく臭《にお》いだして、長屋の連中が伊八の家を覗《のぞ》いて、やいのやいの言ってきたんで、俺たちの出番となったんだよ。しかし、まあ、やりきれねえ臭いだったぜ」

松次は袖に鼻を寄せてくんくんと嗅《か》ぎ、

「ほら、まだ、臭ってやがる」

顔をしかめた。

「伊八さんに死ぬ理由はあったんですか」

「あるといえばある」

「病苦とは無縁だとすると借金ですね」

「博打《ばくち》好きだったことは確かだ。けど、借金など毛ほどにも感じねえ、太《ふ》てえ奴だったぜ。瓦版屋ってえのは、やくざが多少上等になったような奴らなんだ。他所様《よそさま》の家の裏表に通じてて、金なんぞ、いつも何とかなる稼業なのさ」

「人に言えない秘密をねたに、強請《ゆす》りを働くこともあったってことですか」

「人聞きの悪い言い方をすりゃあ、そんなところだ」

「伊八さんには敵が多かった――」

「死んでもらいたい者も大勢居たはずだ」

田端がはじめて口を挟んだ。

「だったら、旦那、これは殺しなんですかね」

「それはまだわからん。だが、なぜか、死んでいた伊八の衿《えり》の縫い目が解《ほっ》れていたのが気になる」

「衿の縫い目の解れとは？」

季蔵の問い掛けに、

「伊八が横木にぶらさがった時、解れたんじゃないかって、俺は言ったんだが、旦那は納得しねえんだよ」

松次が代わりに答えた。

「解れた衿の布に点のような黒い痕《あと》があった」

また、田端はぽつりと言い、それ以降は無言で湯呑みを口に運び続けた。

二人が帰って行って、いつものように客たちが訪れ、少々早いがそろそろ終《しま》いにしようかと、おき玖や三吉と話していると、

「邪魔をするぞ」

戸口から烏谷が入ってきた。

「ちょいとつきあってもらいたいところがある」

烏谷は、素早く、季蔵に耳打ちして、

「風鈴の音を聞いていたら、夏の風流もいいものだと、お堀の蛍でも見に行こうかと思いついた。お涼を誘ったところ、すげなく、断られてしまった。仕方なく季蔵に頼み込むことにした」

おき玖と三吉に向かって、にこにこと笑いかけた。

季蔵は烏谷と並んで歩き出した。夜の闇《やみ》に沈んだ日本橋川は、昼間の賑《にぎ》わいが嘘のように静まりかえっている。寄せる水音と二人の足音だけが寝苦しい夜に響いた。永代橋を渡ると、伊八が住んでいた深川熊井町は目の前であった。

「伊八のことは聞いたか」

「田端様と松次親分がお見えでしたから」

「伊八は自害などではないぞ」

「田端様もそのようなお考えのようでした」

「だが、まだ証が見つからん。今宵のうちに、何としても見つけなければ――、明日は長屋の大家が後始末のために人を入れる。首吊りは畳が汚れる上、この時季とあって、臭いも染み付いているゆえ、伊八の着ていたもの、身の回りのもの、洗いざらい始末されてしまう。今宵をおいて、証を見つける機会はない」

「わかりました」

この時分とはいえ、長屋では川面を渡る涼風を家に入れようと、油障子を薄く開いている。二人は足音を忍ばせてしんとしている路地を進んだ。伊八の家の油障子の軋《きし》む音を気にしながら、そっと、ゆっくり開けた。

異臭はまだ家中に籠《こ》もっている。

「しまった、先を越された」

頭を抱えて烏谷が呻《うめ》いた。

季蔵は筆や帳面、夜具、鍋や釜《かま》が畳一面に、投げ捨てられている様子を凝視した。

「伊八の骸が番屋へ引き取られて行った後、誰かがここへ来て、探しものをして行ったのだ。これで、殺しだとはっきりした」

「下手人は首尾よく、目的のものを探し当てたのでしょうか」

「それはわからぬが――」

「とにかく、わたしたちも探してみましょう。何かあるかもわかりません」

意気消沈している烏谷を励まして、季蔵は放《ほう》り出されている品々を調べ始めた。

「御奉行もお願いします」

しばらくの間、二人は無言で伊八の遺品を確かめ続けた。

瓦版屋という生業《なりわい》上、ネタを書いた紙を綴《と》じたものが圧倒的に多かった。店の名や人の名が羅列してある帳面もあった。明らかに強請りのためのものである。

煙草《タバコ》入れが見つかった。中には煙草ではなく、赤い包みが入っていて、開くと中は石見《いわみ》銀山ねずみ取りの白い粉であった。

「縁魚先生は河豚毒ではなく、これを盛られて殺されたのですね」

「間違いあるまい」

言い切った烏谷は、

「きっと、まだ、ある」

夜具を除《の》けた。ぷんと酒の臭いがした。大きな徳利が一つ、茶色に灼《や》けた畳は多少、まだ、酒で湿っている。

季蔵は大徳利を持ち出して、中を覗いた。

「何か入っています」

徳利を逆さにして振ると、紙と陶器が擂《こす》れる音がした。

七

中からはかなり細く、きつめに巻いた紙が出てきて、開いてみると、それは田島縁魚の筆によるものであった。〝恥ずべきみつ芳のこと〟とあって、以下のように書かれていた。

――かつてみつ芳はこの江戸広しといえども、右に出る店はないともてはやされた鯛料理の名店であった。ところが、昨今、料理に使う鯛の活きがことのほかよくない。これなら、木原店あたりの一膳飯屋の方がよっぽどましだと感じ、再三、女将に苦情を言ってきたが、いっこうに美味くならない。みつ芳が仕入れている魚屋に訊いてみたところ、数こそ減ったが、今まで通りの仕入れ、特上の鯛を買い上げているという。これはわたくしこと、田島縁魚の舌が断じたにすぎぬことだが、みつ芳は客が残した刺身など、鯛の使い回しをしているのではないかと疑わしい。このような恥ずべきことをしたのだとしたら、よほどの事情があってのこととは思う。だが、許されることではない。わたくしは長年、贔屓にしてきただけに残念でならないのだが――

「やはり、縁魚先生はみつ芳の使い回しを見抜いていたのですね」

「そして、伊八もそれを知っていた」

「伊八はまず、これをみつ芳の女将に見せて、これさえ買ってくれるなら、瓦版には載せなくてもいいと持ちかけた。買ってくれた金は縁魚と山分けするなどと、いい加減なことを言ったのだ。だが、女将は縁魚とは長いつきあいで、気性を知っている。金でどうこうできる相手ではない。そこで、伊八にその旨を伝えた。伊八はそれなら、縁魚の口を封じてしまえば安心だとさらに持ちかけた。女将は伊八の申し出に乗った。いや、乗るしかなかったのだろう。これだけのことを書かれて、世間がそれを目にすれば、もう、みつ芳は立ちゆかない」

「河豚毒に当たったと見せかけて、縁魚先生を殺した後、伊八は女将を強請り続けたのですね」

「伊八からこの書き付けを取り上げておかなかったのが、女将の運の尽きだった。せめて、この書き付けさえなければ、多少は惚《とぼ》けられたかもしれない」

「そして、いよいよ追い詰められて、女将は伊八を殺したのでしょう」

「しかし、あの女将は年寄りだ、身体《からだ》も痩せているし小さい。酔っていたとはいえ、まだ生きていた男の伊八を抱え上げて、梁にぶら下げることができたかどうか――」

「たしか、みつ芳には若旦那がいましたね」

「そうだった」

二人は目と目で頷き合うと、長屋を出て、深川永代寺門前のみつ芳へと早足になった。

みつ芳の門の前の灯りはすでに消えている。だが、後片付けのため、厨《くりや》の灯りはまだ、点《とも》っていた。

「誰か――」

玄関に立った烏谷は大声で叫び、

「今日はもう――」

断りを言いに来た仲居に、

「北町奉行、烏谷椋十郎が至急な話でまいったと、女将に伝えてほしい」

と浴びせかけると、

「は、はい、只今」

仲居は奥へと一度姿を消して、あわてた様子のまま、

「こちらでございます」

二人を女将の部屋へと案内してくれた。

「何でございましょう」

向かい合った女将のよしのは、青ざめきっている。

「これを──」

烏谷は懐から縁魚の書き付けを出して、よしのに渡した。

「これは──」

よしのは恐ろしげに目を瞠った。書き付けを受け取った手がぶるぶる震えている。

「これは縁魚の遺稿だ。伊八の瓦版に載せるために書いたものでもある。とくと最後まで読め」

「いいえ、いいえ」

よしのは書き付けを畳の上に投げた。

「このような言いがかり、わたくしの知らぬことでございます」

「おかしなことを言うでない。わしはこの書き付けの中身のことなど、何も申してはおらぬぞ、ただ縁魚の遺稿だと言ったまでだ。ただそれだけで、そち、読みもしないで、どうして、そのように疫病神でも見るような目で書き付けを見、畳に打ち捨てるのだ？」

「それは──」

よしのは言葉に詰まった。

「それはそちが、この書き付けに何が書かれているか、読んで知っているからだ」

「そんなことは――」

よしのの震えは膝にまで及んでいる。

「正直に申さぬか」

烏谷は優しい声を出した。

「罪を背負って生きて行くのは、罪を認めて裁きに従うよりも辛いこと、この世の地獄とはこのことを言うのだ」

しかし、よしのは答えない。烏谷から目を逸らせて、震える膝を見つめている。

「女将さん」

季蔵は呼びかけた。

「あなたは本当は、縁魚先生を殺したくなかったはずです」

よしのはまだ口を閉ざしたままである。

「なぜかというと、縁魚先生とあなたは以前、親しい間柄でもあったはずだからです。食通でみつ芳の贔屓客でもあった縁魚先生は、ご亭主に死に別れてから、仕事一筋だったあなたにとって、どれほど頼りになる支えだったかしれません。先生はみつ芳の料理を愛することで、あなたやあなたの心意気を愛《いと》おしんできたのでしょうから。あなたは、先生が訪れた日は、とてもうれしそうな顔をしていたというではありませんか。ですから、わたしには、どうしても、あなたが、よりによって、あの縁魚先生をこの世から葬ることができたのか、わからずにいたのです」

「わたしは先生を殺してなぞいません」

よしのは固い声で言った。

「でも、あなたの心に愛の秤《はかり》があるとしたら、先生よりも重い相手がいたのです。あなたの息子さんの吉太郎《よしたろう》さん、ここの若旦那です。吉太郎さんの放蕩三昧《ほうとうざんまい》ぶりがどの程度なのかは、わたしにはわかりません。みつ芳の看板と鯛料理に誇りを持っているあなたが、使い回しという恥ずべき汚れに、手を染めてもかまわないと思い詰めたのですから、これはよほどの額だったのだと思います」

「吉太郎は悪くありません」

よしのは顔を上げた。

「悪いのはわたしです。わたしさえ、仕事にばかりかまけていなければ、吉太郎に寂しい思いさえさせなければ、あの子も遊里や博打以外に、生きがいを見つけることができたでしょうに――」

「勘当しなかったのは、ご自分を責めたからですね」

よしのは頷く代わりに、

「わたしがやりました。伊八さんに頼んで恩ある縁魚先生を――」

わっと泣き伏した。しばらくすると顔を上げ、

「使い回しが他人様《ひとさま》に知られてはならない、そればかり考えていたのです。あなた様が先

ほどおっしゃったように、みつ芳、この店は窮しているのです。それで仕方なく――」

涙を振り払うと、

「わたし一人の罪でございます、息子は関わりがございません」

烏谷の前に両手を差し出した時、

「おっかさん」

部屋の障子が音をたてた。

「吉太郎――」

ひょろりと背の高い、童顔の若い男が立っていた。

「おまえは何も言わないで」

「そんなことできないよ」

吉太郎は意外に澄んだ目の色をしていた。

「御奉行様、どうか、この子の世迷い言にお耳をお貸しになりませんよう――」

「そうはいかぬな」

烏谷は吉太郎を見据えた。

「申したいことがあらば、申してみよ」

「使い回しを思いついて、板場に〝鯛供養〟という隠語を使わせたのも、伊八から、縁魚先生を黙らせるには、口封じしかないと言われて、つい、やってくれと言ってしまったのもわたしです」

吉太郎もがたがたと震えている。

「それから、こんな文が届いて――」

吉太郎は懐から文を出して烏谷に渡した。

文には、

――伊八の強請りでみつ芳の身代は潰《つぶ》れる。身代を守りたくば、今宵、亥《い》の刻、伊八の長屋へ来られたし――

「この文は伊八の字ではありません。わたしは、この日、亥の刻に、伊八の長屋へ行くことにしました。思い切って伊八を殺すつもりでした。この文はそうしろと書いてあるように読めたからです。でも、途中で、強請りのことを知っているからには、この文を書いた者は、伊八の仲間なのではないかと気がつきました。引き返そうと思いましたが、念のため、長屋にいる伊八に文を見せて、仲間のことを訊いてみることにしました。すべては、わたしが身代を食いつぶしかけ、使い回しを始めたのが悪いのです。これ以上、おっかさんを苦しめたくなかったんで、何とか、自分で始末をつけなければと思ったのです」

――もっと早くに目覚めていれば――

季蔵は残念でならなかった。

「けれど、わたしが伊八の家に着いた時、すでに伊八は死んでいたのです。梁からぶら下がっていましたが、わたしは伊八が、自分で死ぬような奴ではないと知っていましたから、これは、文を寄こしてきた相手の仕業で、わたしを陥れるためだと思い、一目散に逃げ出したんです。わたしは伊八を殺していません。それだけは本当ですが、使い回しで子どもを死なせたのも、伊八に縁魚先生殺しを頼んだのもわたしですから――」

吉太郎は両の掌《てのひら》を烏谷の前に合わせ、深く頭を垂れた。


こうして、吉太郎は縛について詮議《せんぎ》を受け、裁きを待つ身となり、みつ芳は店終いを余儀なくされた。小伝馬《こでんま》町に送られる息子を見送ったよしのは、ほどなく、病の床について、一月もせずに逝った。今際《いまわ》の際《きわ》に言った言葉は一言、

「〝鯛供養〟が憎い」

であった。


「どうも、すっきりせんな」

塩梅屋を訪れた烏谷は不機嫌である。

「伊八の後ろにいる悪者をまだ焙り出していない」

季蔵は田端が拘っていると言っていた、殺された伊八の衿の解れが気にかかっていた。その話を烏谷にすると、手を打って、

「衿ならば、折った文が縫い込めるぞ。伊八は瓦版屋だ。もしもの時にと、相手から証文の一つでも、取っていたのではないかと思う。伊八の黒幕はそいつが目当てだったのだ」

「縁魚先生の書き付けをわざと残しておいて、見つけさせたのは、みつ芳の母と息子の罪

を暴き立て、伊八殺しの罪も着せる企《たくら》みだったのですね」

――こんな人でなしがこの世にいるとは――

季蔵は身体中の腑《はらわた》が煮えくりかえるような怒りを覚えた。

第四話　旅うなぎ

一

毎年、土用が近づくと一時、塩梅屋の客足は遠のく。土用はうなぎ屋が繁盛するからであった。長次郎《ちょうじろう》はうなぎの料理は作らなかった。

「うなぎ屋がうなぎだけ商っているのは、生きたうなぎを割いて焼くってのが、板前の包丁修業か、それ以上に年季のいる証《あかし》だってことだよ。餅《もち》は餅屋だ」

「ちょっと口惜《くや》しいような気もするけど」

三吉《さんきち》が正直な想《おも》いを口にした。

「それに蒲焼《かばや》きにしたうなぎは美味《うま》いからなあ」

ごくりと生唾《なまつば》を飲んだ。

「そうか、そんなに好きだったのか」

このところ、客が訪れないこともあって、手が空《す》いていた季蔵《としぞう》は、魚屋に貰《もら》った旅うなぎで鰻《うま》巻きを作ることにした。客に出すのではなく、三吉へのねぎらいである。鰻巻きなら家に持たせてやることができる。

「旅うなぎだが、鰻巻きにすれば江戸前に劣らぬ味になる」

旅うなぎは常陸《ひたち》や上総《かずさ》、房総などの産のもので、芝浦や築地、浅草川あたりでとれる江戸前うなぎに比べて、味が落ちるとされている。土用ともなると、江戸っ子はこぞって江戸前うなぎを食べる。魚屋が旅うなぎをおまけにくれたのは、この時季、まるで、旅うなぎが売れないからであった。

「さあ、うなぎを割くぞ」

季蔵は襷《たすき》をかけて、包丁を手にした。うなぎを割くのははじめてではあったが、うなぎ屋の店先で何回となくながめたことはあった。まず、背からうなぎを割いて開く。次に、中骨、頭、尾を除き、適当な大きさに切って、竹串《たけぐし》に刺して白焼きにする。ここで蒸して身を柔らかくするのが江戸流だが、季蔵はあえて上方に倣《なら》って、このままを醬油《しょうゆ》に味醂《みりん》を加えたタレで焼き上げた。

牛蒡《ごぼう》を芯《しん》にする八幡巻《やわたまき》は、うなぎでも作るが、穴子の方が知られている。この場合、穴子を蒸して使うことはない。穴子の蒲焼きというのも聞かない。それで、たとえうなぎといえど、ほかの素材と合わせて使う時には、穴子同様、多少歯ごたえがあった方がいいように季蔵には思えた。

季蔵は卵を割り、煎《い》り酒で調味して玉子焼鍋《なべ》に流し、これに蒲焼きよりは固めに焼いたうなぎを巻き込んで、弱火でじっくりと焼いて仕上げた。

切った両端を試食させてもらった三吉は、

「美味《うま》い」

と叫んだ。

そこへ、

「兄貴、俺だよ」

入ってきたのは豪助《ごうすけ》であった。包みを手にしている。

「土産《みやげ》だよ、野崎屋《のざきや》へ行った帰りなんだ」

豪助はほろ酔いである。深川の野崎屋は江戸屈指のうなぎ屋であった。

「どうせ、今時分、ここは閑古鳥が鳴いてるだろうから、これで一杯やらないか」

「店を終《しま》うまではこれはやらないことにしてるんだ」

季蔵は盃《さかずき》を口に運ぶ仕種《しぐさ》をした。

「とっつあんもそうだったからね」

「じゃあ、俺は勝手にやらしてもらう。冷や酒がいいな」

三吉が急いで、豪助の前に湯呑《ゆの》みを置いて酒を注《つ》いだ。

「おや、おき玖《く》ちゃんはいないのかい？」

「お嬢さんは夕涼みにお出かけだ」

「ふーん。俺はもう、嫁に行っちまったと思ったよ」

――そういえば、豪助にお嬢さんのことは話していなかったのに？――

季蔵はおき玖と雛次《ひなじ》こと、清三良《せいざぶろう》が結ばれるいきさつを話した。

「実は俺、さっき、深川でおき玖ちゃんを見かけた。雛次、いや、貴残屋《きざんや》の清三良と連れだってた。あんまり楽しそうだったんで声をかけそびれちまったが――ぴんと来たよ、これはもう間違いねえって――」

豪助は湯呑み酒を呷《あお》った。

――豪助に告げなかったのはうっかりしていたからではなかった。言いだしにくかったのだ――

「筍掘《たけのこほ》りの思い出話になった時、俺、おき玖ちゃんがまだ、雛次のこと、想《おも》ってるのかって気にしてただろ」

「そうだったな」

「あの時、俺、雛次が清三良になって戻ってきてて、貴残屋の主《あるじ》だってこと知ってたんだ。けど、おき玖ちゃんがまだ雛次を想ってても、雛次の方がそうじゃなきゃ、おき玖ちゃんを悲しませることになる。それで雛次が貴残屋だって言わなかったんだ。だから、本当によかった、めでてえ成り行きになって――」

豪助は三吉に向かって顎《あご》をしゃくった。三吉はあわてて酒を注ぎ足した。

「雛次、とっつあんにも世話になってたから、ここへ訪ねてきたんだろ?」

「いや、そうは聞いていない。葛屋広久《くずやひろきゅう》の店で偶然会ったそうだ」

「葛屋広久といやあ、雛次の商い相手じゃないか、また、色気のねえ会い方をしたもんだ」

「その時はなくても、今はあるんだからいいじゃないか」

「そうだけど、ここへ来て、とっつあんの仏壇に線香の一本ぐらい上げても、罰は当たらねえと俺は思うぜ」

「線香で思い出したが、おき玖ちゃんと一緒に、裏庭で線香花火をしてるのは見たな。留守にしていたから、その前のことはわからないが、仏壇にも手を合わせたんじゃないかな」

「あいつ、まだ線香花火なんて、しみったれたもん、好きなのか。おき玖ちゃんは嫌いだってえのにな」

豪助はため息をついた。

「豪助、おまえも嫌いなんじゃないか」

「ああ、嫌いだよ。今も昔も俺は線香花火を好きになれねえ」

——豪助は昔からお嬢さんが好きだったんだな——

豪助は珍しく、したたか酔い、千鳥足で帰って行った。

季蔵は豪助が手をつけなかった江戸うなぎの蒲焼きを、鰻巻きと一緒に持たせて、三吉を先に帰した。

おき玖が戻ってくるまで店に居ることに決めて、日頃、おざなりになりがちな竈《かまど》の掃除を始めた。おき玖が夜、出かけることなど滅多になかったから、相手は清三良だとわかっていても案じられたのである。

——これじゃ、とっつあんの代わりだ——

季蔵は心の中で苦笑した。

夜更けて帰ってきたおき玖の顔は桜色に上気している。

——お嬢さん、いつにも増して綺麗《きれい》だ、幸せの色だな——

「あら、ごめんなさい」

おき玖はすまなそうに詫《わ》びた。

「待たせてしまって」

「帰ろうとしたんですが、仕事を思い出したんですよ。これが終わったら、煎り酒でも拵《こしら》えておこうと思いまして——そろそろ、作り置きが少なくなってきましたから」

「そうだったの」

聞いたおき玖はほっと肩で息をついた。

「お茶、飲みますか」

「お酒じゃいけない？」

「いいですね」

季蔵はぬるめに燗《かん》をつけた。

盃を手にしたおき玖は一口啜《すす》って、ああと心地よさげな吐息を洩《も》らした。

「何かいいことがあったみたいですね」

「飲み方でわかりますよ。呷り酒は自棄酒《やけざけ》で、今のお嬢さんみたいのはいいことがあった証です」

「わかるの？」

「清三良さんとよくよく話をしたのよ」

「どんなお話か、お訊《き》きしていいんですね」

領《うなず》いたおき玖は、

「あたしね、今晩、はじめて、清三良さんと心が通じたって思えたのよ」

「それはよかった」

季蔵は微笑《ほほえ》んだ。

「あたし、ずっと訊きたかったの、線香花火のこと。どうして好きなのかって」

「理由は何だったんです？」

「清三良さんのおっかさん、上野にある大店《おおだな》のお妾《めかけ》だったんですって。旦那《だんな》様には子どもがいなくて、どうしても、跡継ぎの男の子がほしいってことで、望まれて生まれたのが清三良さん。ところが何かの事情で商いが立ちゆかなくなって、店が潰《つぶ》れて、主だった清三良さんのおとっつあんは、流行《はや》り病で亡くなってしまった。お妾さんだから臨終にも呼ばれず終いで――。そして、何日もしないうちに住んでいた立派な家を追い出されてしまって、長屋に落ち着いた時、おっかさんと二人、線香花火でおとっつあんの供養をしたそうよ、来る日も来る日も。お妾さんは位牌《いはい》を持たせてなんぞもらえないから、これしかおとっつあんを悼むやり方はなかったって――」

「悲しい話ですね」

「あたし、清三良さんがずっと抱えてきたその悲しみを、話すことであたしに分けてくれたのがうれしいのよ」

おき玖の目は濡《ぬ》れていた。

「これでやっと、あたしも線香花火が好きになれそう」

――それはよかった――

季蔵は心からそう思った。

二

日本橋小網《こあみ》町の長崎屋《ながさきや》五平《ごへい》が塩梅屋を訪れたのはその翌日のことであった。

「お久しぶりです」

「相変わらずお忙しいのでしょうね」

「商いが商いですから仕方ありませんよ」

長崎屋は廻船《かいせん》問屋であった。若い主は商いで船旅をすることが多い。

「やっと、少し、落ち着いて江戸にいることができます」

「それはよろしいですね」

「そうなんですよ」

五平はにやりと笑った。

「たまには道楽をさせてもらわないと、命の洗濯ができません」

すらりと涼やかな男前の五平は、以前、松風亭玉輔《しょうふうていたますけ》と名乗っていた。季蔵が知り合ったのは二つ目に昇進した時であった。噺家《はなしか》になりたくて、父親に勘当された身だった五平は、父親が亡くなった後、遺志により、店を継ぐことに決め、泣く泣く噺家を辞めたのである。

「寄席《よせ》にはおいでになっているんでしょう?」

五平の道楽というのは寄席通いであった。

「今頃は怪談でしょうか」

夏場の噺で人気があるのは幽霊噺で、噺家たちはこぞってこれを演《や》っている。

「実は季蔵さんに話していないことがあるんですよ。わたし、怪談だけはどうも上手《うま》く噺《はな》せないんです。聞くのも苦手でね」

五平は苦笑した。

「意気地がないことにお化けが怖いんですよ」

「それでは、寄席にはあまり、お通いではありませんね」

「そうでもありません」

なぜか五平は顔を赤くした。

「寄席は噺ばかり演るわけではありません。水本染之介《みずもとそめのすけ》をご存じですか」

「女浄瑠璃《おんなじょうるり》の水本染之介ですね。たいした人気ですから、この江戸に知らぬ者などおりますまい」

女浄瑠璃は妙齢の女性が語って聴かせる浄瑠璃であった。女たちが歌舞伎《かぶき》役者に血道をあげるのだとしたら、男たちはこの女浄瑠璃に夢中になった。

「女浄瑠璃など、どうせ、女の色香を売り物にしているだけと侮っていたのですが、一度冷やかしたのが運のつき――」

「ミイラ取りがミイラになったのですね」

「お恥ずかしい限りで」

「わたしはまだ、染之介の舞台を見たことがありませんが、見た者が男なら、必ず、染之介に惚《ほ》れてしまうそうです。たいそう可憐《かれん》で愛《いと》おしい様子だとか――」

「わたしは何も、染之介本人をどうこう想っているわけではありません」

そう言いつつも、五平の顔はまた赤くなった。

「染之介の十八番《おはこ》、〃八重垣姫《やえがきひめ》〃にすっかり魅せられてしまったのです」

〃八重垣姫〃は浄瑠璃、歌舞伎などの演目として有名であった。染之介はこの演目を、政《まつりごと》に翻弄《ほんろう》される戦国の世の武将と姫君の純愛として語り、聞く人たちの涙を絞っている。

「これは意外ですね」

季蔵はこほんと一つ咳《せき》をしてみせた。

「玉輔さんだった頃、あんまり、〃酢豆腐〃がお上手なので、てっきり、軽妙洒脱《しゃだつ》なものがお好きなのだとばかり思っておりました」

〝酢豆腐〟というのは噺の演目である。何でも知ったかぶりをする、鼻持ちならない金持ちに、饐《す》えた豆腐を珍味だと偽って食べさせ、周囲が溜飲《りゅういん》を下げるという噺であった。

「どうやら、運命に引き裂かれようとしながらも、貫き通す男女の愛にも惹《ひ》かれるようです」

五平はきまりわるそうにうつむいて、

「男らしくないですかね」

「そんなことはありませんよ。貫くことのできる愛ほど、素晴らしいものはありませんから」

季蔵はそう言った後、五平がまだ何も頼んでいないことに気がついた。

「何をさしあげましょうか」

「まあ、酒を、今日は暑いから冷やで」

五平の酒はたしなむ程度である。

「はい、どうぞ」

おき玖が素早く、酒の入った湯呑みを五平に差し出した。

「何か——」

季蔵は五平の顔を見つめた。さっきから、五平の目は包丁を持つ季蔵の手に注がれている。何かまだ、言いたげである。

「別に——」

五平は目を伏せた。

「何かわたしにできることでしたら、おっしゃっていただけませんか。ただし、わたしは料理人なので、料理に関《かか》わることでないと、たいしてお役には立てないかもしれませんが――」

「うなぎ料理を作っていただけないものかと――」

「うなぎ料理ですか」

季蔵は当惑した顔になった。

――とっつあんから伝授されているうなぎ料理は、昨日、三吉に作ってやった鰻巻きだけだ――

「言いだしておきながら、申しわけありません、うなぎ料理だけは勘弁してください」

季蔵は長次郎が遺した、うなぎについての文言を口にした。

「そうでしたか」

五平は肩を落とした。

「うなぎなら天下一品と言われている、深川の江戸前うなぎにでも、おいでになって召し上がればよろしいかと――」

「あそこのうなぎは選《よ》りすぐった江戸前です」

五平はため息をついた。

「あそこなら間違いありませんよ」

すると、五平は思い詰めた目で季蔵を見た。

「江戸前ではだめなのです」

「どういうことです？」

季蔵はさっぱり真意がわからなかった。

「わたしが使ってほしいのは旅うなぎなのですから」

季蔵はますます、わからなくなった。

「土用ともなれば、多少の無理をしても、江戸前の蒲焼きを食べたいと思うのが江戸っ子ですし、好んで旅うなぎをお召し上がりになりたい理由がわかりません」

「旅うなぎを食べたいと言っているのはわたしではありません」

とうとう五平は真っ赤になった。

「声を使う稼業ゆえ、夏場の疲れた時はうなぎに限るという人がいます。その人は、どうしても、故郷、常陸のうなぎの味を食べたいというのです」

五平は〝その人〟という言葉を、たいそう大事そうにこわごわ口にした。

「その人というのは、染之介さんですね」

さすがに季蔵は察した。

「何だ、もう、贔屓《ひいき》筋になっていたんじゃありませんか」

「違う、違う」

五平は赤い顔のまま、ぶんぶんと首を横に振った。

「贔屓筋どころか、話をしたこともありません。そうなって、親しく話をしたいと思ってはいますが——。染之介が夏風邪を引いた時、うなぎが好きだというので、贔屓筋が江戸前うなぎの蒲焼きを届けたところ、染之介の世話をしている小女《こおんな》が、ふと、こんなことを寄席の楽屋で洩らしたそうなのです。〝うちの旦那様は、——江戸前は脂が強すぎて胸やけしてしまう、うなぎはうなぎでも、故郷常陸のうなぎを食べたい——とおっしゃっておいでです〟と。聞いたのはわたしの知り合いの噺家ですので、これは確かです」

「つまり、効き目のある楽屋見舞をなさりたいというわけですね」

季蔵は図星を突いた。

「何ともみっともないお願いですが、お聞き届けいただけませんか。この通り」

五平は深々と頭を下げた。

「わかりました、何とかやってみましょう」

季蔵は五平の懸命な想いが微笑ましかった。

「ありがとうございます」

五平はぱっと顔を輝かせた。

「ただし、旅うなぎの蒲焼きはお断りします。蒲焼きでは工夫ができず、とうてい、江戸前のものに敵《かな》いませんから」

江戸前うなぎは、市中の生活用水が流れこんでいる河川で育つ。そのせいで、よく肥えて、蒸して脂を落としてもなお、ほどよく脂がのっていた。比べると、やや痩《や》せ型の旅うなぎは淡泊な味であった。

「常陸のうなぎ料理がどのようなものなのか、常陸の出の奉公人に訊きました」

五平の目は真剣そのものである。

「何でも、常陸で蒲焼きはあまり食べられていないそうです。川で捕ったうなぎは、囲炉裏で焙《あぶ》ってから醬油で煮て食べるんだそうで。ただ、いくら故郷の味だからと言って、これを作って届けて、染之介が喜んでくれるとは思い難《がた》くて——。あまりに素朴で技がどこにもありません。芸人の染之介の心を動かすものではない気がします」

「何よりの難点は、醬油で煮付けるのだとしたら、脂の多いうなぎの方が美味《おい》しいことです」

「ほかに故郷を想わせるうなぎ料理はないでしょうか」

「むずかしいですね」

「こうなったら、あなたに染之介の浄瑠璃をお聴かせするしかありません」

「染之介さんのおおよその好みを知るためですね」

「人となりは芸に表れるといいますからね」

「なるほど」

「今、ちょうど、染之介の十八番が竹本亭《たけもとてい》にかかっています。善は急げといいますから、明日、是非、おつきあいください」

五平はまたしても頭を下げた。

三

両国広小路《ひろこうじ》にある竹本亭はたいした賑《にぎ》わいであった。

「水本染之介だよ、染之介、今から始まる。聴いて帰って損はないよ、何しろ、染之介なんだからね」

竹本亭の前では呼び込みの男が声を張り上げている。二十文の木戸銭は高くない上に、今をときめく染之介の〝八重垣姫〟が聴けるからであろう。

昼なので客は江戸詰めの勤番侍が圧倒的に多い。

「無理を言ってすみません」

季蔵は、夕刻から仕事があるので、昼にしてほしいと言った。竹本亭に限らず、寄席はどこも昼夜交代で、女浄瑠璃のほかに、噺、講釈、手妻《てづま》などが演じられる。夜には仕事帰りの職人や商家の奉公人が木戸をくぐった。このところの目当ては、もちろん、染之介であった。

「いいんですよ、わたしは昼夜、通う日もあるんですから」

――たいした思い入れだ――

季蔵は何とか五平の想いを叶《かな》えてやりたいと思わずにはいられなかった。

――気に入ってもらえそうな料理が思いつけるといいが――

すでに寄席の中は熱気でむんむんしている。暑さのせいばかりではない。前で話をしている侍二人の声が聞こえた。

「おぬしに勧められて、なけなしの金を木戸銭に出したのだが、そんなにいいのか、染之介というのは――」

「いいから誘ったのだ。酒では見られない、美しい夢を見せてくれる。一度見たら、以後、病みつきになる夢だ。これは遊里で味わうのともまた違う、何より、遊里よりはるかに安い」

「そうか、それなら、酒代を木戸銭に替えても損はないな」

「請け合う」

舞台の御簾《みす》が上がった。観客に向かって染之介は艶《あで》やかに微笑んだ。真紅の唇が開きかかった牡丹《ぼたん》の花のように見える。

「よ、染之介」

「八重垣姫」

「待ってました」

声援が上がった。掛け声をかけたのは町人たちである。声のする方を目で追うと、季蔵の知っている、夜鳴き蕎麦屋《そばや》の顔があった。

男たちの目は可憐にして妖艶《ようえん》な染之介に吸い寄せられている。五平も大きく身を乗り出していた。

――聞きしに勝る凄《すご》い人気だ――

楚々《そそ》とした美貌《びぼう》の染之介は、紫陽花《あじさい》柄の小袖《こそで》を着て、紫色の肩衣《かたぎぬ》を合わせている。女浄瑠璃では女だてらに肩衣を着る。高島田の髪には、黄色い菜の花の大きな簪《かんざし》が揺れている。

〝八重垣姫〟が始まった。もとより、史実とは別の物語である。上杉謙信の娘八重垣姫と武将武田勝頼が主人公であった。ここでの両家の不和は、武田家が諏訪明神《すわみょうじん》から賜ったとされる兜《かぶと》にある。これをどこからか手にした上杉家が武田家に返却しないため、両家の不和は続いている。二人の縁組みは和解のためのものであった。

染之介は抑揚をつけて唄《うた》うように話していく。その声は姫になる時はたおやかな細い声で、武将ともなると大きく太かった。話の展開に添って、太棹《ふとざお》の三味線の音が時には哀《かな》しく、また、物々しい。

――女浄瑠璃とは音曲入りの一人芝居なのだな――

いつしか、季蔵も魅せられていた。

――何より、染之介の演じわけが上手《うま》い――

染之介は両家の不和を利用しようとする悪者たちの声音も、そこに髭面《ひげづら》の悪人がいるかのように演じている。姫に仕えるお付きの老女の、二言、三言の言葉も手を抜いていなかった。歌詠みと縫い物が巧みな老女の姿が見えた。

――見事だ――

季蔵は感心した。

――これでは五平さんが夢中になるのも無理はない――

〝八重垣姫〟が最初の佳境に入った。足利《あしかが》将軍暗殺の疑いをかけられたがため、上杉、武田両家は嫡男の首を幕府に差し出すことになる。許婚《いいなずけ》勝頼が死んだと聞かされる姫の嘆き、悲しみを聴かせる染之介の声は、真に迫って、身体《からだ》中から振り絞ったかのような泣き声であった。

客たちはしんと静まりかえって、目をぱちぱちさせている侍の姿もあった。

――五平さん――

隣りに座っている五平も袖で目を拭っている。

――たしかに泣ける――

季蔵も知らずと目頭が熱くなっている。瑠璃《るり》と別れて鷲尾《わしお》家を出奔《しゅっぽん》してきた時のことを思い出していた。

物語は進んで、勝頼が生きていることがわかり、兜を取り戻すため、上杉家に潜入して見つかり、追われる身となる。太棹の三味線が激しく掻《か》き鳴らされた。姫は必死に勝頼の無事を祈る。すると、諏訪明神の使いの白狐《しろぎつね》が姫に乗り移る。姫は氷の張った諏訪湖を渡って勝頼の元へと行き、二人は結ばれる。

――姫が白狐になって、湖を渡る様子が見える――

染之介は人とも狐ともつかない切なげな声を出した。

「よかった、よかった」

客たちは口々に呟《つぶや》いた。

染之介に見惚《みと》れていた五平は、ふーっと一つ、大きなため息をついた。

聴き終わった後、五平と別れて塩梅屋へ戻った季蔵は、

――はて、どうしたものか――

ひたすら、染之介の心を捉《とら》えることのできるうなぎ料理について考えていた。

――まずは綺麗なものにしたい――

季蔵が印象深いのは染之介が島田に挿《さ》していた菜の花の簪である。簪は〝八重垣姫〟に思い入れる染之介の感情さながらに、小さく、時に大きく、止まることなく、揺れ続けていた。

――簪こそ染之介さんの芸だ――

季蔵は翌日まであれこれと考えた末、菜の花巻を作ることに決めた。

「旅うなぎをもとめてきてくれ」

三吉に買いにやらせると、まずはうなぎを白焼きにした。白焼きとはタレを付けない焼き方である。これに蒲焼きに使う味醂と醤油のタレをさっとかけて、小指の先ほどの大きさに切り揃《そろ》えておく。

卵三個のうち、黄身二個分を取り去ったものに、煎り酒と砂糖を加えて味をつけ、玉子焼鍋に流し込む。これに先のうなぎと大葉の千切りを散らしてのせ、焼きながらこれを巻き込む。この時、取り置いてあった黄身を崩して、斑点《はんてん》になるように散らすと、切った時、菜の花のように見える。

「お陽様《ひ》の中に咲いてる菜の花みたいだな」

つくづくと見て、三吉は感心した。

「まあ、食べてみてくれ」

季蔵はそうだと言う代わりに、切り分けて皿に盛った。はじめのは試作で、五平に頼まれた付け届けは別に作るつもりであった。

「食べるのが勿体《もったい》ねえや」

「本当ね」

二階からおき玖が下りてきた。

「あたし、こんな綺麗なうなぎ料理、見たことないわ」

「とはいえ、料理はやっぱり味ですよ。だから、掛け値のないところを言ってください」

二人は菜の花巻を摘《つま》んで口に入れた。つられて季蔵も手を出した。

「少し味が薄いですかね」

「そんなことないわ、いいお味よ」

「これに比べると、うなぎ巻きなんぞ、大味かも――」

三吉が生意気なことを言った。

「実は――」

季蔵は五平に頼まれたいきさつを話した。近頃、おき玖は清三良と会うので忙しいのか、店を留守にすることが多い。留守の間に訪れた五平の話を聞いていなかったのである。

「まあ、あの五平さんが」

おき玖は目を瞠《みは》った。

「故郷の味を贈りたいなんて、たいした入れ込みようねえ」

「報われるといいんですが」

「それはどうかしらねえ」

おき玖は案じる顔になった。

「この菜の花巻じゃ、駄目ですか」

季蔵にも五平の思い入れがいくらか移ってきている。

「そうじゃないけど」

おき玖は案じる顔になった。

「何しろ、水本染之介っていえば、今、江戸で一番の人気でしょう。言い寄る人なんて、掃いて捨てるほど居るはずだから。中には相当、思い詰めている人もいるみたいよ」

「お嬢さん、染之介さんについて、何かご存じなんじゃありませんか」

「以前、染之介について話をするのを聞いたことがあるの。清三良さんと出会えた時、葛屋広久さんのご主人、〝あの染之介を想うと夜も眠れない〟って、清三良さんに話してたのよ。こんな風に染之介に恋い焦がれてる人、一人や二人じゃないはず。だから、高価で珍しい楽屋見舞もあるでしょうし――」

――たしかにな――

季蔵は危うく気落ちしそうになったが、

——しかし、五平さんの想いを超える楽屋見舞など、ほかにありはしない——

思い直して、

「それじゃ、ますます、気合いを入れて、作らなきゃなりませんね」

この日、季蔵は夜遅くまで、気の済むまで何本も菜の花巻を作り続けた。

そんな季蔵に、

「暑いせいか、寝付きが悪くて」

団扇《うちわ》を手にしたおき玖が二階から下りてきて、

「そろそろ、五平さんにも好きな女《ひと》、できてもいいはずよ。以前、五平さん、ずっと想ってた幼馴染《おさななじ》みがいたわよね。けどその女、悪人の仲間で、最後には仲間に殺されてしまった。それを思うと、さっきは無理だなんて言ったけど、何とかしてあげたいわね。やっと出来た五平さんの好きな女ですもの」

季蔵はおき玖の言葉にうなずいた。

四

翌日、季蔵は菜の花巻を二本ばかり、南茅場町《みなみかやば》の瑠璃に届けることにした。

——五平さんの様子を見ていると、わたしも瑠璃のことが気にかかる——

詰める器は何にしようかと思い悩んだが、これといった名案は浮かばず、三吉に訊いてみた。

「これを詰める容れ物は何だと思う？」

「たいていはお重に詰めるんだけど――」

しばらく考えていた三吉は、

「菜の花は野っぱらに咲くもんだから、野っぱらにあるもんがいいと思う。今だったら、竹で編んだ弁当箱かな、涼しげだし」

と言った。

「たしかにそうだな」

季蔵は三吉に竹の弁当箱を二つ買いに行かせた。

この後、風流な弁当箱に菜の花巻を詰めて、瑠璃のもとへ届けた。

花や草木、美しいものが好きだった瑠璃は、桜餅《さくらもち》や雛《ひな》や雛道具を想わせる料理にだけは、うっすらと微笑んで箸《はし》を取るのだった。つかのまではあったが、季蔵はうれしかった。

一方、

「これは見事だ」

菜の花巻を見て味わった五平は歓声を上げた。

「丸い切り口が一片の菜の花畑になっています。うなぎが入っているので、淡泊すぎず、きっと、忘れられない味になりますね」

早速、五平は贈答用の重箱を用意してきていた。金粉が使われている輪島塗りである。

「蓋《ふた》の絵は菜の花ですね」

季蔵は金粉で描かれた菜の花を見つめた。

「そうなんです。苦労して探させました」

五平は金粉の菜の花に目を細めた。

「さぞかし、菜の花巻が引き立つことかと――」

「さて、それはいかがなものでしょう」

季蔵は首をかしげた。

「美しい菜の花巻に見合ったお重だと思ったのですが、いけませんか」

多少鼻白んだ五平に、季蔵は三吉の話をした。

「そうだった」

五平は頭を掻いた。

「金ぴかの重箱は野暮ですね。おやじの跡を継いで、忙しい日々が続いたせいでしょう、すっかり、昔の粋心を忘れてしまっていました。ですが、今更、輪島は駄目と言われても――どうしたものか――」

五平は頭を抱えた。

そこで季蔵は念のためにと、もとめておいた竹の弁当箱を出して見せた。

「これはいかがでしょう」

「そうだ、これだった」

五平は吸い寄せられるような目で竹籠《たけかご》を見つめていた。

菜の花巻は竹の弁当箱に詰められて染之介のもとへと届けられた。

「竹本亭の楽屋においでになるのですね」

五平は竹の弁当箱を風呂敷で包んだ。

「もちろん」

五平は胸を張って塩梅屋を出て行った。表情は緊張で強《こわ》ばっていた。

五平がまた、塩梅屋を訪れたのはその翌日のことであった。ちょうど夕刻時で暖簾《のれん》を出したばかりのところで、客の姿はまだなかった。

「季蔵さん——」

五平の顔に微笑みがあった。

「離れでお話ししましょう」

季蔵は、いかがでしたかと訊く代わりにそう言った。

二人は離れの座敷で向かい合った。

「染之介と会うことができました」

五平は真っ赤な顔になった。

「楽屋に届けただけでした。おときという名の小女に渡したのです。この時は会うことなぞできなかったのですが、今日の朝、一番で会いたいからと、本所相生《あいおい》町にある染之介の家に招かれました」

「それ、一大躍進じゃ、ありませんか」

季蔵は自分のことのように胸が躍った。

「すべて季蔵さんのおかげです」

五平は畳に手をついた。

「頭を上げてください。他人《ひと》様の恋路に踏み込ませていただいて、礼を言われるのは、いささか、気恥ずかしいですよ。それより、普段の染之介さんがどんな方なのか、どんなお話をなさったのか、是非ともお訊ねしたいです。ただし、差し障りがなければの話ですが——」

「差し障りなんてあるわけもありません。染之介がわたしを招いてくれたのは礼を言うためでした。菜の花巻がたいそう気に入ったので、是非とも、会って、礼を言いたいと言うのです。その報《しら》せが届いた時、わたしはもう、頭がぼーっとしてしまって、仕事が手につかなくなったほどです。舞台の上の染之介は見慣れていましたが、化粧を落とした素顔に向かい合うのは初めてです。おかげで故郷の小川のうなぎと菜の花畑を思い出すことができた、竹で編んだ弁当箱も故郷の七夕を思い出せてよかったと、丁寧に礼を言われた後、わたしはもう、何を話したらいいかわからず——」

「あなたは噺家だったではありませんか」

季蔵は冷やかした。

「そうなのです。それで、いろいろ習ったり、自分で考えついた噺を思い出そうとしたのですが、何一つ、出てきません。それで仕方なく、わたしは自分を野暮天だと断っておいて、このなりゆきを話しました」

「このなりゆきというのは菜の花巻の顚末《てんまつ》ですか」

季蔵は目を丸くした。

「そうです。頭の中が真っ白になっていたので、今、起きていることとしか言葉にすることができなかったのです」

「染之介さんへの想いは伝えましたか？」

「はっきりとは——。故郷のうなぎを懐かしんでいると聞いて、知り合いの料理人——あなたです——に相談、〃八重垣姫〃の舞台を見てもらって、うなぎ料理を考えついてもらい、容れ物の件では金ぴかの輪島など探してしまい野暮の極み、ようは、すべてはあなたのおかげで出来たことだという話をしただけです」

「そうでしたか——」

季蔵はため息をついた。

——正直なのはいいが、相手がどう思うか——。女心は不案内なせいか、どうにも、先が読めないが、とかく、女はちやほや、恋心を口にする男が好きなのではないか。だとすると、これは——

「もう、いいんです」

五平は言い切った。

「染之介と向かい合えるなんて、思ってもみませんでしたから、それだけで満足です」

「それでいいんですか」

これでも男心は熟知しているつもりであった。

「よくはありません」

五平の両膝《ひざ》に固めた拳《こぶし》が震えている。

「でも、今となっては、そう、思い切るしかありません」

「ところで、別れる時、染之介さんは何とおっしゃいましたか」

——ここは肝心なところだ——

「何も——」

五平はうつむいた。

「そんなことはないはずです」

挨拶《あいさつ》ぐらいはするはずである。

「実はわたしの方から飛び出してきたのです。話しているうちに恥ずかしくなって——。〝わたしはこんなことしかできない男です〟と言ったのを覚えています」

「話を聞いている時の染之介さんは、どんな様子でしたか?」

「笑ってくれていました。わたし、この菜の花巻のいきさつを、噺に仕立てて話してましたから。終わったので、さっきのように言って、帰ってきたのです」

「それでは、あなたの方からぶちこわしたも同然じゃ、ありませんか」

季蔵は唖然《あぜん》とした。

「そうかもしれません」

「気がしれませんね」

季蔵はいささか呆《あき》れた。

「男なら、好きな相手と向かい合えた次は、もう少し、深い話がしたいはずです」

「それはそうですが」

五平はうつむいたままである。

「もう、手だてはありません。あんな醜態を晒《さら》してしまったのですから」

「そうとは限りませんよ」

――お嬢さんが店にいたら相談できるのだが――

あいにく、おき玖は出かけていた。

――女心とやらが、男にはわからぬものだとすれば――

「染之介さんがあなたや、あなたの話をどう思ったのか、一度、おときさんという小女に訊いてみてはいかがです？」

「そんなことは、おときを知らないからおっしゃるのですよ」

五平はため息をついた。

「おときさんは手強《てごわ》い人なのですか」

「手強いなんてもんじゃありません。口はもちろん立ちますが、腕の方は女相撲で鍛え上げたという大女です。目方も二十貫はありそうです。しかも、二人は故郷が同じ常陸で強い絆《きずな》で結ばれています。おときを味方につけて、何か聞き出すなんてことできるわけもありません」

——主従が同郷ならば、二人してあの菜の花巻を美味しく食べてくれたことだろう——

このあたりに突破口がないものかと、思いあぐねていると、

「こちらの長崎屋さんにお客さんですけど」

三吉が顔を出した。緊張した面持ちである。

五

三吉の後ろには頭一つ大きい大女が立っていた。

「おときさん——」

五平は目を瞠った。

——これがおときさんか——

たしかに五平の言うとおり、縦も横も立派である。島田に結い、黒い半襟の黄八丈《きはちじょう》を着て赤い帯を締め、町娘風に作ってはいる。しかし、可憐という風情はまるでなく、ただただ、押し出しのよさに圧倒される。

「小網町の長崎屋さんに行ったら、ここだというんで走ってきたんだよ」

おときは息を切らしている。

「まずはお座りください」

季蔵はおときを招き入れた。

「急な用ですか」

五平は恐る恐る訊いた。

「用があるから来たんだ」

「それはそうでしょうが――」

たじろぐ五平に、

「おちずちゃんが襲われかけたんだ」

「おちずちゃん？」

思わず問い返した季蔵を、

「染之介の本当の名だよ」

おときはじろりと見据えた。

「染之介さんが襲われた――」

五平は顔色が変わった。

「それで、染之介さんは今、どこです？」

立ち上がった五平に、

「おちずちゃんは腰を抜かしてしまったんで、あたしが背負ってここまで連れてきた。おちずちゃんは今、ここの店の方に居る。おき玖さんという人が二階に上げてくれて、水を持ってきてくれた。おちずちゃん、水を飲んだら、いくらか元気になったよ」

——よかった——

季蔵はおき玖がいてくれてよかったと思った。

「わたしは様子を見てきます」

居ても立ってもいられない五平を、

「お嬢さんが付いているので大丈夫ですよ。それより、どこでどのように襲われたのか、訊いておかないと——」

季蔵は止めて、

「どうか、一部始終を話してください」おときを促した。

「それでは——」

五平は気もそぞろに座り直した。

「今日は夜の部が休みでね、貴残屋さんのお招きで深川元町の料理屋へ行こうとしていた。もちろん、あたしも一緒だった」

「貴残屋さんというと、献残屋《けんざんや》の貴残屋さんですね」

季蔵は念を押した。

頷いたおときは、

「おちずちゃん、清三良さんというあそこの旦那に贔屓にしてもらってるんだけど」

——お嬢さんと夫婦《めおと》の約束をしている人がどうして、染之介さんに？——

一瞬、季蔵はどきりとしたが、

——まあ、清三良さんは染之介さんの芸に魅せられているだけかもしれないし——

おときは話を続けた。

「あの旦那、それはそれはおちずちゃんに御執心で——。楽屋見舞も毎日で、中には小判が入った信玄袋や小箱まであってね。おちずちゃん、ここまでされるのはあまりに過ぎるから、お返ししたいって言いだして、そのようにあちらへ伝えたら、一度出したものは納められないって突っぱねてきて、次の日にはまた、今度は麻の反物が届く始末。これでは困ると、再三、文を出したところ、どうしても、一度会ってくれ、会って話を聞いて、納得したら考えるって言いだしたんだ。それで、仕方なく招きに応じることにしたんだ」

——となると、これはもう、芸が気に入っているだけのことではないな、お嬢さんという人がありながら、何という不実——

季蔵は少なからず、おき玖の幼馴染みに不快感を覚えたが、

——今は清三良さんのことをあれこれ、考えている時ではない——

気持ちを切り替えて、

「そして、夜道を襲われたのですね。相手はどんな風に襲ってきたんです？」

「提灯《ちょうちん》の灯《あか》りだけだったんで、はっきりとは見えなかったけど、顔を手拭《てぬぐ》いで隠した若い男だった。手に匕首《あいくち》を持っていたね」

「どうして、若いとわかったんです？」

「身のこなしで。素早い動きだった。逃げ足も速かったよ。だけど、あんな頼りないうどの大木ではね、女相撲で鍛えたあたしの足許《あしもと》にも及ばない。相手が悪かったね」

おときは白い歯を見せて、愉快そうに笑った。

「思いきり体当たりして、匕首を叩《たた》き落としてやった」

――聞きしに勝る女用心棒ぶりだ――

季蔵は感心し、

「おときさん、染之介さんを守ってくれてありがとう」

五平は泣かんばかりに頭を下げた。

「あんたになら、礼を言われてもいいと思ってるよ」

おときは照れくさそうに言った。

「おちずちゃん、あんたが家を飛び出してった後、〝こんなに楽しく笑えたことはないわ〟なんて言って、あんたのこと、飾り気がなくて正直で心の温かいいい人だ、信じるに足る人だって――。あたしもそう思ったね。あの菜の花巻もえらく、美味かったしね」

おときは季蔵の顔をちらりと見た。

「おちずちゃんは人を見る目があるんだ。それで、あたしは会ったばかりのあんたに、この急場を伝えて、相談にのってもらおうと考えついたんだよ。普段のおちずちゃんは、舞台を務めている時と違って、万事に控えめで、そんなことをしたら迷惑だって言ったけど、あたしは頼れる人は長崎屋さんしかいないって、背中のおちずちゃんが止めるのもきかず、ずっと走ってきたんだ」

「染之介さんが命をねらわれる理由に、何か、心当たりはありますか？」

「あたしからは言えないよ」

おときは下を向いた。

――これは何かあるな――

そこで季蔵は、

「おときさん、染之介さんをここへ連れてきていただけませんか」

と頼んだ。

染之介の居る店の二階でもよかったが、できれば、清三良が染之介に入れあげていることを、おき玖に知られたくなかった。

「わかった」

答えたおときはほどなく、染之介を伴ってきた。

――たしかに綺麗な人だが、うわべだけではない、優しさ、激しさ、情の深さ、ありとあらゆる心の豊かさが滲《にじ》み出ている――

思わず、季蔵は染之介に見惚れた。

――それが聴く者を虜《とりこ》にするのだろう――

染之介は細い項《うなじ》をすっきりと伸ばして座ると、

「お世話をおかけいたします」

深々と頭を下げた。

「おおよその話はおときさんから聞きました。けれど、どうしてもわからないのは、命をねらわれる理由です」

季蔵は切り出した。

「それを話してくださらないと、助けたくても助けることができません」

「お願いです、話してください」

顔をくしゃくしゃにしながら五平は染之介に頭を下げていた。

「でも、これはわたし一人のことです。どなたかに、ご迷惑をおかけする筋の話ではないのです」

染之介の声は静かだった。

「あなた一人のことではないのです。あなたにもしものことがあったら、わたしは正気でいられません」

五平は絞るような声を出した。

「そこまでわたしのような者のことを――」

染之介はわずかに頬《ほお》を染めた。

「ですから是非」

五平は粘った。

「あなたが話をしてくれるまで、わたしは頭を上げません」

「わかりました」

とうとう、染之介は折れた。

「ですから、どうか、頭を上げてください」

五平が頭を上げると、

「実を言うと、命をねらわれたのはこれが初めてではないのです」

染之介はおときの方を見た。隣りに座っていたおときは、

「一月ほど前、楽屋見舞に箱入りの葛があってね、うっかり、楽屋に忘れていったら、翌日、箱の紐《ひも》が食い千切られてて、箱の中で鼠《ねずみ》が死んで埋まってた。その時、竹本亭の楽屋じゃ、ほかにも何匹もの鼠の死骸《しがい》が見つかったんだよ。どの鼠の毛も白い葛の粉だらけで――」

「楽屋見舞の葛に毒が入れられていたということですね」

おときと染之介は、互いに青く変わった顔を見合わせた。

「やり口が陰険すぎる」

五平は憤慨した。

「今、思い出してもぞっとするよ。匕首もご免だけど、これもこたえたね。運が悪けりゃ、こっちがあの鼠になってたかもしれないんだからね」

「どこの葛屋のものでしたか？」

「ただの木箱だったね、どこにも何とも書いてなかった」

「箱の木の性は？」

「桐箱《きりばこ》だった」

――疚《やま》しいゆえ、わざとそうしたのだろうが、桐箱とはまた豪勢な――

六

「とすると、これはもう、偶然で襲われたのではありませんよ」

五平は季蔵に向かって、

「何とかそいつを見つけ出さないと、染之介さんの身が危うい」

「誰かに恨まれる覚えはありませんか」

季蔵は率直に訊いた。

「恨まれるだなんて――」

染之介に代わっておときが答えた。

「恨みたいのはこっちの方だよ、あんな奴――」

「おときちゃん」

染之介が止めた。

「わたしから話すから、黙っていて」

染之介は話し始めた。

「わたしは以前、ある大名《だいみょう》家の御子息と想い合っていたことがございました。本当は正室に迎えたいが、そればかりは無理というものなので、側室として一生、そばに居てほしいと、おっしゃってもいただいておりました。ところが、半年ほど前、江戸家老様がおいでになって、四男のその方が近く大藩の婿養子になることが決まったゆえ、わたしとの縁は無かったことにしてほしいと申されました。その方を見初められたお相手の姫様のご希望が、側室を置くに際しては、自分の眼鏡に適《かな》った者に限ると、強くおっしゃっておいでとか——。わたしは正直、心が萎《な》えましたが、所詮《しょせん》、身分違いの恋だということはわかっておりましたので、潔く身を引く覚悟をいたしました。心残りは、御家老様ではなく、その方から直々にお聞きしたかった——それだけでございます。このたびのことで思い当たるのはこれだけでございます」

「染之介さんが身を引くと言ってるのに、何でこんな目に遭わされるんだ？」

　またしても五平は憤慨し、

「今、わたしは何としても染之介さんを守りたい。今、住んでいる家は知られていて危ない。とりあえず今日、明日は小網町にあるわたしの店から、人目を忍んで竹本亭に通うことにしてはいかがでしょうか」

　と勧め、

「そうした方がよろしいでしょう」

　季蔵も賛成して、二人は長崎屋へ伴われることとなった。

翌日、季蔵は神田銀《しろがね》町にある桐箱屋桐長《きりちょう》へと足を向けた。桐長は桐箱だけを作る老舗の箱屋で、名人と言われる親方と見習いの若者が、諸肌《もろはだ》を脱いだ姿で小ぶりの錐《きり》や金槌《かなづち》を使って桐箱を作っていた。

季蔵は葛屋だと名乗って、贈答品の葛粉といえば、やはり、木箱は桐箱に限ると聞いてきたと仄《ほの》めかすと、いとも気安く、

「そりゃあ、あの通旅籠《とおりはたご》町の葛屋広久だね」

おき玖が葛をもとめに行った先の名を挙げた。

「葛屋でうちの桐を使ってるのはあそこだけだよ」

——やはり、そうだったか、お嬢さんの話では、葛屋広久の主は染之介さんにぞっこんだったということだから、これは叶わぬ恋の恨みなのかもしれない——

この夜、烏谷が訪れた。

「今宵《こよい》は酒はいい」

と断った烏谷は、

「どうしても、気になることがあってな」

いつになく緊張している。

「何事でございます?」

「昨日の朝、大川で土左衛門が上がった。名は葛屋広久の主、久左衛門《きゅうざえもん》だった」

「葛屋広久の主ですか――」

「顔色が変わったではないか、どうした？」

「実は――」

季蔵は葛屋の主が染之介に執心していた話をした。

「それはちと違うな。久左衛門は放蕩《ほうとう》息子に手を焼いて、家業が傾き始めていた。桐箱入りの馬鹿高い葛粉など、そうは売れるものではないからな。といって、今更、桐箱ではないものを使っては、葛屋広久の名折れになると、久左衛門はこのところ、行きつけの居酒屋の主に愚痴を垂れていたそうだ、〝こんなことなら死んだ方がましだ〟とも言っておったとか――。相手は金に詰まっていた葛屋の主だ、首は括《くく》りたくても、女浄瑠璃にのめりこんで、染之介を殺したいほど恋い焦がれるゆとりはあるまい」

「それで、お上は、世をはかなんだ久左衛門が、自分で大川に飛び込んだとみなされたんですね」

「まあ、そんなところだ」

「しかし、御奉行は疑っておられる」

「わかるか」

烏谷はにやりと笑った。

「お顔でわかります」

「これは一本とられたな」

烏谷は頭を掻《か》いた。そして、
「そち、これをどう思う？」
懐から紙を出して季蔵《きぞう》の目の前に広げた。そこには、
松木義之助《まつきぎのすけ》　浪人木崎吉五郎《きざききちごろう》
嘉月屋《かげつや》手代浩太　お内儀《かみ》お市《いち》
田島縁魚《たしまえんぎょ》　瓦版屋《かわらばんや》伊八《いはち》
と書かれていたが、
「そしてこうなる」
筆を持つと、
女浄瑠璃染之介　葛屋久左衛門
「殺されたか、今、殺されそうになっている人たちと、殺した後か殺そうとしてしくじり、自ら命を絶った下手人たちですね」
「それから、こうも書ける」
烏谷は白紙の紙を出して、さらさらと次のように書いた。
松木義之助　中山三右衛門《なかやまさんえもん》
田島縁魚　料理屋みつ芳《よし》　吉太郎《よしたろう》
「下手人たちに命じた黒幕たちですね」
「染之介はまだ知らぬから書けぬ。おおかた、そちが知っているものと思う」

そこで季蔵は染之介が襲われた話と大名家の四男の話をした。

「その四男なら狛江《こまえ》藩三万石江本《えもと》家の四男坊光義《みつよし》様であろう。婿入る先は大城《おおしろ》藩五十万石、婿を取る姫の母御は、ことのほか嫉妬《しっと》深く、容色の優れた女中は決して雇わぬことにしているとか——。狛江藩は光義様婿入りに際して、大変な苦労をしていると洩れ聞いている。染之介とのことが発覚でもしたら、婚儀が取り止めになるかもしれないと案じ、死人に口なし、いっそのこと、染之介を亡き者にしてしまおうとまで、思い詰めたとしても不思議はない」

なるほどと頷いた烏谷は、田島縁魚の隣りに、

女浄瑠璃染之介　狛江藩三万石江戸家老

と書き記した。

「染之介を襲ったのは町人のようだったとすると、狛江藩三万石では家臣をさし向けていない。家臣にさえも知られずに始末したいと考えたのだ。江戸家老が雇ったのは市井の人始末屋だな、おそらく中山三右衛門もその者を使ったのだろう」

「頼む相手と下手人の間に中継ぎが居るということですね」

「そうだ、そやつが一番、いい思いをしているはずだ。殺しを頼んだ者たちは客にすぎず、真の黒幕はそやつだとも言える」

「嘉月屋の件はお内儀が下手人でした。この場合、中継ぎの黒幕がお内儀の頼みを聞いて、お内儀を下手人に仕立てたというわけですね。みつ芳に関わった伊八はもともと仲間だっ

た――」

「黒幕は自分が中継ぎすることもあれば、直《じか》に客から頼みを聞いて、殺しの手伝いをすることもあった。みつ芳と伊八のように、仲間に仕事を探させることもあったのだ」

「葛屋広久の久左衛門は店の窮状を何とかするため、仲間に引き入れられていた――」

「博打《ばくち》の借金に追われていた伊八同様な――」

「そして、最後は口封じに自害を装わせて殺された」

「黒幕は案外色男かもしれぬぞ」

「それはまた、何でです？」

「黒幕とお内儀は男女の間柄になっていたものと思う。嘉月屋のお内儀が毒を呷ったのは、そうするように仕込まれていたからさ。女というのは心を許した相手だと、ついつい言いなりになってしまうものだ。命にさえも執着しない。それが女心というものさ、可愛《かわい》いものだ」

――女心は深いな――

そう思う一方で、二枚の紙をじっとながめていた季蔵は、

「黒幕は日頃、市井で寝起きしていて、時に大名家などの武家に出入りできる稼業の者ということになりますね」

と言った。

「そうだ」

烏谷は大きく頷いて、

「思い当たるか？」

――献残屋の仕事なら、どんな大名家にも出入りできるし、市井でも贈答品を売りたい家は多い――

しかし、季蔵は、

――お嬢さんの相手に限って――

疑念を打ち消して、

「今のところは思い当たりません」

目を伏せた。

七

その夜もおき玖は戻るのが遅かった。三吉を帰した後、季蔵は後片付けをしながら、おき玖の帰りを待っていた。どうしても、訊いておきたいことがあった。

「あら、また、季蔵さん、すみません。あたしったら、よくない娘ね、こんなに遅くまで。おとっつあんが生きてたら、どやしつけられちまうわ」

相変わらず幸せそうに目を潤ませている。

「お嬢さん、ちょいと訊きたいことがあるんです」

「あら、何かしら？」

おき玖は季蔵の淹れた茶を飲んだ。

「葛屋広久のご主人が亡《い》くなったそうです。大川に浮いていたとか――。理由はわかりません」

季蔵はあえて真実を伝えなかった。

「まあ――」

おき玖は絶句した。

「それで、うちでも、多少のつきあいはあったんで、何か供物でもお届けしようかと思ってるんですが、いかがでしょう、染之介さんに入れあげていたのなら、染之介さんがお好きな菜の花巻というのは？」

「何よりじゃないかしら」

涙脆《なみだもろ》いおき玖は目を片袖で拭った。

「ところで、お嬢さんが葛屋広久に行かれたのは、いつでしたっけ」

季蔵はさりげなく訊いた。

「ちょうど二十日前よ、忘れもしないわ、清三良さんと巡り会った日ですもの――。あたしたちのためにあったような日だわ」

おき玖は声を詰まらせた。

「広久さん、あたしたちの縁結びみたいなもんだったのに――。〝染之介のことで夜もろくろく眠れない〟って言ってたけど、まさか、身を投げた理由、それじゃないでしょうね」

「今、〝染之介のことで――〟とおっしゃいましたね。前には〝染之介を想うと――〟おっしゃっておいででしたよ、どちらが本当です?」

「それなら〝染之介のことで――〟だったと思うわ。広久のご主人、青い顔してて、染之介を想うあまりの恋窶《こいやつ》れだって思って、気の毒になったのよ。あのお年で十六かそこらの染之介に好かれるのは、誰が考えても無理なように思えたし――」

「それで、お嬢さんは〝染之介を想うと――〟とおっしゃったんですね」

「ええ」

季蔵は合点した。

――手下の久左衛門が頭の清三良に〝染之介のことで――〟と言ったのは、思いがけぬ成り行きで、しくじった仕事の言い訳をしていたのだ。それをお嬢さんは間違って聞いていた。とすると――

「お嬢さん、このこと、清三良さんに話しましたか?」

「もちろん。清三良さん、久左衛門さんはいい葛粉を売るけど、染之介狂いが玉に瑕《きず》だって笑ってたわ」

――やはりな、清三良がお嬢さんに近づいてきたのは、都合の悪いことを聞かれてしまったからだった。このままでは、お嬢さんもいずれ――

「やだわ、季蔵さん、怖い顔をして――。この話に何かあるの?」

おき玖にまじまじと見つめられて、

「ところで、清三良さん、久左衛門さんが亡くなったこと、お嬢さんに話しましたか？」

取りあえず微笑んだ季蔵は話を変えた。

「いいえ、まだ、知らないんじゃないかしら」

「とはいっても、今日あたり通夜のはずですよ」

「そういえば変ね」

相づちを打ったおき玖は、

「変といえばね、清三良さん、今日、朝早く、季蔵さんが来る前に店に来たのよ、線香花火をした時、裏庭に忘れ物をしてきてしまったって。裏庭の塵芥箱《ごみばこ》を漁《あさ》ったり、銀杏《いちょう》の木にまで登ったり、それはそれは熱心に——」

「よほど、大切なものだったんでしょうね」

——もしかして、伊八が衿《えり》に縫い込んでいた書き付けでは——

「見つかったんですか」

「いいえ。清三良さん、あんまりがっかりした様子だったんで、つい、あたし、後で探してみてあげるって言ったのよ。そうしたら、今まで見たこともないような、今の季蔵さんよりもずっとずっと怖い顔で、〝その必要はない、勝手なことはするな〟って。でも、その時だけよ、清三良さんがあんな風だったのは。あとはいつもの優しい清三良さん。あれ、いったい、何だったのかしら？　すごく大事な仕事と関わる落とし物で、もしかして、女にはわからない男心？」

おき玖は首をかしげた。

「そうかもしれませんよ」

――たしかに大事な仕事に関わるものではあるだろう――

「それとね」

おき玖の話は続いた。

「清三良さんたら、おかしいの」

おき玖はふっと笑った。母親のような優しい表情に見える。

「そのうち、おとっつあんの供養に、離れに来たいって言ってくれたんだけど、その時、お線香は線香花火にさせてほしいって。清三良さんとおっかさん、お線香の代わりに、線香花火でおとっつあんの供養してた話はしたわよね」

「ええ」

「冬は夏場にまとめて買い置いてあった線香花火、火鉢でぱちぱち鳴らしてたんですって、変わってるでしょ。これじゃ、まるで、火鉢が仏壇ね」

おき玖は目を潤ませた。

「だから、あの人にいろいろあってもおかしくないのよ」

翌朝、空が白みかけるとすぐに、季蔵は長屋を出て塩梅屋に向かった。だが、

「お願いします」

声を掛けたのは塩梅屋の隣りの木村屋《きむらや》であった。

煮売り屋の木村屋はまたの名をつばめ屋と言われている。品書きにはつばめ鮨《ずし》という名の稲荷鮨まである。油揚げの代わりに浅草海苔《のり》を使い、細長いつばめの形に仕上げた稲荷鮨であった。

つばめ屋の名のいわれは、毎年、つばめが巣を作るからであった。それも一組ではなく、二組、三組と軒下に巣作りをするのである。つばめ屋のつばめたちは、この時季、同時には巣を作らず、時間差で訪れて雛《ひな》を育てる。客たちは秋風が吹くようになるまで、涼しい姿形の親つばめと、愛くるしい雛たちを目にすることができた。〝つばめ屋の大繁盛つばめなり〟と川柳にまで歌われている。

「つばめの巣を覗《のぞ》かせてもらってよろしいですか？」

「ええもちろんです」

季蔵は地べたから軒下三ヶ所にある巣を見上げていた。その中の一ヶ所から、藁《わら》にしては白過ぎるものが顔を覗かせていた。

「梯子《はしご》をお持ちしますよ」

隣近所のよしみであった。

季蔵は梯子を登ってまじまじと巣の中を見た。目を凝らすと白いものは太い紙縒《こより》だった。

「巣の中はどんなかね。何かいいもの、卵の殻でもあったかね」

梯子の下から主が声をかけてきた。

「残念ながら」

季蔵は隠元《いんげん》の筋を取る要領で、注意深く、紙縒を巣から引き抜き始めた。

「つばめにとっては、来年も使う大事な巣だから、壊してもらっては困りますよ」

「約束します」

季蔵は途中で切れたりしないよう、細心の注意を払って、引き抜き終えると、塩梅屋の離れに籠《こ》もった。丁寧に泥を落とし、ゆっくりと紙縒の巻を戻し、開いていくと、以下のような文言が書いてあった。

松木義之助、一本松《いっぽんまつ》藩江戸家老、中山三右衛門の依頼により、木崎吉五郎が始末。

嘉月屋手代浩太、お内儀お市の依頼により、助言の上、お内儀お市が始末。

田島縁魚、料理屋みつ芳吉太郎の依頼により、瓦版屋伊八が始末。

女浄瑠璃染之介、狛江藩江戸家老、佃有之輔《つくだありのすけ》の依頼により、葛屋久左衛門が始末の予定。

右の始末の長は、献残屋主、貴残屋清三良にまごうことなし。

季蔵は南茅場町に使いを出して、この夜、烏谷を呼んだ。

この文言を目にした烏谷は、

「かくなる上は――」

季蔵を見据えた。

「わかっております」

「おき玖の相手だからと言って、迷いがあってはいかんぞ」

「迷いはありません。このままでは、お嬢さんにまで、禍《わざわい》が降りかかるに違いありませんから。ただ――」

――せめて、お嬢さんの悲しみを少しでも、少なくしてあげたい――

「おき玖が悲しむ様子を見るのが辛いか――」

「せめて、どこぞへ姿を消したようにはできぬものかと――」

「それはいかん」

烏谷は厳しく却下した。

「長次郎が生きていても、そう言うはずだ。消えたとなれば、また、いつか、戻ってきてくれるかもしれないと、淡い期待を抱き続けるのが女というものだ。そんなではこの先、よい縁も逃してしまう。ここは一つ、清三良は死んだとわからせて、おき玖の恋心にがつんと荒療治をせんとな」

「しかし、何が何でも、殺された相手の姿を見せるのは可哀想《かわいそう》です」

「ならば、自然に死んだように見せかけるがよい。わしに手伝えることなら、手伝ってもよいぞ、他ならぬ長次郎の娘のことだからな」

烏谷はどんと大きな胸を叩いた。

翌日、昼過ぎて、季蔵はおき玖を送り出した。

「本当にすみません」

「瑠璃さんの具合が優れず、お涼《りょう》さんも夏風邪を引いて寝込んでいると聞いたら、あたしだってじっとしていられませんよ。日頃、季蔵さんにはお世話になっているんですもの、こんな時こそ、しっかり、看病させていただきます」

そう言い置いておき玖は出て行ったが、今頃、仮病のお涼は布団をのべて浴衣《ゆかた》に着替え、大袈裟《おおげさ》に咳をする習練でもしているに違いなかった。

――お嬢さんは何も知らない方がいい――

清三良を成敗する場所に、塩梅屋の離れを選んだのは烏谷であった。

「しかし、あそこには――」

長次郎の位牌の納められた仏壇がある。

「長次郎も娘の身を守るためなら、やむなしと思ってくれるはずだ。それにあそこは、なまじの場所よりも安全で、邪魔が入らない」

烏谷は押し切った。

「使いの者はわしが出しておく。そちはやってきた奴めを、離れに案内して、段取り通りにするだけでよい」

「わかりました」

「肩に力が入りすぎているぞ、それに塩梅屋季蔵の顔をしていない、隠れ者の顔だ。そんな風では相手に怪しまれてしまう。いいか、今回は怪しまれずにさえすめば、万事上手く行く」

「そうですね」

「笑え」

「はい」

「まだ、ぎこちない。それでは腹に一物あるように見える。目を閉じて、好きな料理のことでも考えたらどうか」

「それでは――」

季蔵は言われた通りにした。すると、染之介のために作った菜の花巻が目に浮かんだ。

「何の料理だ？」

「うなぎと玉子、大葉を使った菜の花巻です」

「美味そうな上に美しいではないか」

「ええ」

「料理はそれを用意しろ。もっとも、奴めには食べさせない。食べるのはこのわしだ――」

そう言って、烏谷はからからと笑った。

貴残屋清三良が訪れたのは、暖簾を出して、しばらく過ぎた頃だった。店には一人、浪人姿に身なりを変えた烏谷が陣取っている。清三良の顔を見ると、初対面のはずなのに、にこにこと無邪気に笑いかけた。

「貴残屋でございます」

初めて顔を見る清三良は端整な顔だちの若者であった。つるりとした白い顔は女形《おやま》を想わせる。

──考えていることがわかりにくい顔だな──

豪助の何でも汗と一緒に黒い顔に出る、人のよい男前とは対象的であった。

「わしは北谷《きたや》道場の主でな、名は椋江十郎《むくえじゅうろう》と申す。ただし、剣よりも飯が好きで──ははは、このようになってしもうた。いっそ、相撲取りになった方がいいのかもしれぬ」

菜の花巻をほおばりながら、烏谷は如才なく軽口を叩いた。

「おき玖さんは？」

清三良は忙《せわ》しなく瞬きした。

「お嬢さんは湯屋に出かけています。きっと、もうすぐ、お帰りでしょう。貴残屋さんとお二人で、初めて、おとっつあんの供養をするのだから、身を清めて、きっちり、身仕舞いしなければと意気込んでおいででした」

「お嬢さん、さぞかし、お綺麗になってお戻りでしょうね」

季蔵と三吉が次々に答えた。

今日に限って、夕方からでいいと言われて、半日休みを貰《もら》った三吉は、おき玖は湯屋に行ったのだとばかり思いこんでいる。

「それでは、離れでお待ちいただきましょうか」

季蔵は清三良を離れへ案内した。

「後で、さっきのお客様が召し上がっていた菜の花巻を、お出しするつもりでおります」

「いや、わたしはあまり――」

「うなぎはお嫌いですか」

「そうではないのですが、今日は供養に参っただけですので、もてなしはしていただかなくても――」

――警戒しているな、毒で殺すこともあるせいだろう――

「まあ、お気が向かれたら、箸を付けてください」

季蔵は無理強いしなかった。

座敷で向かい合うと、季蔵は茶を淹れた。

「どうぞ、あまり、おかまいなく」

清三良は感情が読み取れない顔のままである。ただし、気配は季蔵がそばにいるのを歓迎していない。

――追い払いたがっている――

「そうはまいりませんよ、お嬢さんが大切に想われている御方《おかた》と聞いておりますから」

——この男は案外、気が細かく、苛立《いらだ》ちやすいようだ——

季蔵は自分の湯呑みにも茶を注ぎ、一口啜った。

——居座ってみよう——

「そんな風にもてなされると、かえって、気が疲れてしまいますよ」

清三良は苦く薄く笑った。額からどっと汗が噴き出ている。よく見ると、握っている両掌《てのひら》の間からも汗が流れ出していて、小袖の膝を濡らしている。

——よし、勝負に出てみよう——

「けれども、近頃のお嬢さんの様子を見ていると、あなた様が如何《いか》に大事な方か、身に沁《し》みてわかります。お嬢さんときたら、あなた様のためだと言って、昨日、裏庭を一日中、隅から隅まで探していたのですから。見ているわたしたちが手伝うと言っても、どうしても、一人でやり遂げるのだときかず、呆れるやら、涙ぐましいやら——」

「それで、おき玖さんは何か探し当てたのでしょうか」

清三良はぎょっとした。まずは目に不安がよぎって、表情のなかった顔が変化した。

「それはあなた様がご存じでしょう、あなた様の落とし物と聞いておりますよ」

「それはそうです」

清三良の顔から、さらに夥《おびただ》しい汗が流れ落ちて、すでに汗まみれの掌が汗で塞《ふさ》がりかけた目を拭った。

「今晩はずいぶんと暑いですね」

季蔵はさりげなく言った。

「本当だ、本当に暑い」

相手は相づちを打って、

「おき玖さんはまだでしょうか」

「きっとまだ、湯屋から走って戻ってくる途中ですよ」

季蔵は微笑んだ。

「そうそう――」

季蔵は部屋の隅に片付けてあった長火鉢に目をやった。

「実は暑いのはあれなんです」

「あれ――」

清三良は季蔵の指差す方に顔を向けた。

「あなたのために火を熾《おこ》しておいたのです。火鉢で線香花火をなさるのがお好きと聞いたものですから」

「しかし、それは冬のことで――」

「そうそう、それから危うく忘れるところでしたが、お嬢さんから、こんなものも預かっておりました」

季蔵は、片袖から、清三良が塩梅屋の裏庭に落として、つばめに拾われていた証文を出すと、向き直った相手に差し出した。

——己の悪事の証を見るがいい——

「きっと恋文でしょう」

季蔵は微笑んだ。

「恋文？」

清三良は怪訝《けげん》な顔で、畳まれている証文を開きはじめた。

——今だ——

季蔵は腰を浮かせ、片膝を立てて、身を乗り出すと右の拳《こぶし》を突き出し、清三良の鳩尾《みぞおち》に当身を入れた。

「これは——」

清三良は証文を握りしめたまま、恐ろしい形相で宙を一睨みして気を失った。

この後、季蔵は横向きに倒れた清三良の身体を仰向《あおむ》けにした。そして、懐からおもむろに半紙を取り出すと、湯呑みの茶で湿らせ清三良の顔に載せた。汗で湿った顔に半紙が貼《は》りつく。清三良の手足は僅《わず》かに痙攣《けいれん》したものの、すぐに動かなくなった。

季蔵は清三良の顔から半紙を外し、手にしていた証文を、引き剝《は》がして袖にしまうと、懐から線香花火を一束取りだした。火鉢の前に座ると、最後の一本まで、ぱちぱちと花火を鳴らし続けた。

烏谷が懇意にしている医者が呼ばれた。医者は花火の火薬が、清三良の弱った心の臓に悪かったのだろうと診《み》たてた。

早速、田端《たばた》と松次《まつじ》が死体を検分に訪れたが、貴残屋の奉公人たちは、清三良の花火好きを知っていたので、こんなことがあってもおかしくないと、口を揃《そろ》えて言った。冬は必ず、火鉢で花火をしていたと――。

こうして、清三良の死は線香花火が引き金になって起こったと見なされた。

――それでも、お嬢さんは、何で、夏に火鉢の花火なのかと疑うのではないか――

季蔵は多少、不安だったが、冷たくなった清三良にすがって、泣き尽くした後、おき玖は、

「実はあたし、清三良さんさえよかったら、夏でも、火鉢で線香花火、一緒にしてもいいって思ってたのよ、そうすりゃ、両方のおとっつあんの供養になったでしょうから。なのに、清三良さん、一人で思いついて逝ってしまって――勝手だわ、あんまり――」

と言って、また泣いた。

――たとえどんな悪人であっても、お嬢さんのかけがえのない相手だった。わたしが清三良を殺《あや》めたのは、お嬢さんのためだったが、同時に心を傷つけてしまったことも事実。隠し通すことに決めてはいるものの、この事実は変わらない――

季蔵はたまらない気持ちになった。

秋風が吹き始める頃、近く、長崎屋五平と女浄瑠璃の染之介が、夫婦になるらしいとい

う噂《うわさ》が立った。

「よかったわね、五平さん、念願が叶って――」

おき玖は意外に明るい顔で五平の幸せを喜んだ。

「あたしね、自分にあんなことがあってからというものの、人の幸せを願いたくてならなくなったの。悲しいことは誰の身にも、起きてほしくないから、あたしだけで沢山――」

「これでおき玖も一皮むけたな。人の気持ちのわかるいい女になった。今頃、冥途《めいど》の長次郎も安堵《あんど》していることだろう」

烏谷は後で季蔵に言った。

時代小説文庫

わ 1-6

旅《たび》うなぎ 料《りょう》理《り》人《にん》季《とし》蔵《ぞう》捕《とり》物《もの》控《ひかえ》

著者 和《わ》田《だ》はつ子《こ》

2009年6月18日第一刷発行

発行者 大杉明彦

発行所 株式会社 角川春樹事務所
〒101-0051 東京都千代田区神田神保町3-27 二葉第1ビル

電話 03(3263)5247[編集] 03(3263)5881[営業]

印刷・製本 中央精版印刷株式会社

フォーマット・デザイン&シンボルマーク 芦澤泰偉

ISBN978-4-7584-3418-8 C0193

http://www.kadokawaharuki.co.jp/[営業]
fanmail@kadokawaharuki.co.jp[編集] ご意見・ご感想をお寄せください。